KB050172

작은 옛집 “후락헌”

발리에 지은 느린집; 1095일간의 기록

작은 옛집 "후락헌"

발리에 지은 느린 집: 1095일간의 기록

초판 1쇄 인쇄일 2017년 12월 20일
초판 1쇄 발행일 2017년 12월 27일

지은이 신상열
펴낸이 양옥매
디자인 송다희 임흥순
교 정 조준경

펴낸곳 도서출판 책과나무
출판등록 제2012-000376
주소 서울특별시 마포구 방울내로 79 이노빌딩 302호
대표전화 02.372.1537 **팩스** 02.372.1538
이메일 booknamu2007@naver.com
홈페이지 www.booknamu.com
ISBN 979-11-5776-514-0(03800)

이 도서의 국립중앙도서관 출판시도서목록(CIP)은 서지정보유통지원 시스템 홈페이지(http://seoji.nl.go.kr)와 국가자료공동목록시스템 (http://www.nl.go.kr/kolisnet)에서 이용하실 수 있습니다.

작은 옛집 후락헌

발리에 지은 느린 집;
1,095일간의 기록

• 신상열 지음 •

책과나무

후락헌(後樂軒)을 바라보며

— 讚 申相烈, 李貞姬 夫婦

일찍이 범중엄(范仲淹)은 악양루(岳陽樓)에 올라
군자(君子)는 마땅히
천하의 근심을 남 먼저 근심하고(先天下之憂而憂)
천하의 즐거움을 맨 나중에야 즐긴다(後天下之樂而樂)고 하였거늘

하늘 인연(因緣)으로 부부가 되고
하늘 명운(命運)으로 공무원이 되어
묵묵히 청백리(淸白吏)로 살아온 한 생애를 기념하여
이 조그만 달팽이집(蝸廬) 한 채 이루었구나.

규모와 명성이야 악양루를 범할 수 없지만
이 집에 담긴 부부의 사랑이야 어찌
동정호(洞庭湖)를 채우지 못하랴?

평생 '사랑한다.'는 말 별로 없던 의성 남편과
그저 눈빛과 숨소리로 사랑을 믿어온 울산 아내가
자식 기르고 살림 이루고 노부모님 모시며 살아온 인생파도
그러면서도 평생 울산의 근심을 근심하며 살아왔나니.

이제 곧 닥쳐올 둘의 정년(停年)을 대비하여
과묵한 남편이 평생 고생한 아내에게 바칠 선물은
100캐럿 다이아몬드도 100만 송이의 장미꽃도 아니었지.
그저 조용히 쉬면서 책이나 읽고 글이나 쓸 작은 오두막 하나였지.

정성으로 바칠 집을 어찌 남의 손으로 지으랴?
아내가 정든 친정마을에 작은 터 하나 구하고
3년에 걸쳐 틈나는 대로 나가 우직하게도 손수
돌과 흙을 실어다가 축대를 쌓고 목재를 실어다가 집을 짓고
손바닥 같은 정원을 꾸며 못다 한 사랑을 꽃으로 심었구나.

이제 선우(先憂)를 다 마쳤으니 누가 후락(後樂)을 탓하랴?
내 이를 위하여 당호를 '후락헌(後樂軒)'으로 바치고 싶구나.

부부의 사랑이란
가벼이 말로 표현해서는 아니 되는 것.
주지 않아도 반갑게 받고 받지 않고도 고맙게 가슴에 담는 것.
서로의 거미줄에 걸려 바둥거리면서도 끝내 마주 웃을 수 있는 것.
한 섶에 올라 맑은 투명 실로 같이 늙어갈 누에고치 하나 짓는 것.

아, 아름다워라.
견본으로 개시(開示)할 이 둘의 깊은 사랑.

한 생애를 저렇게 정결(貞潔)하고 아름답게 살아왔거늘

어찌 이승의 번뇌 누에고치를 찢고

우화등선(羽化登仙)하는 날 오지 않으랴?

– 2015년 8월 13일

後樂軒에 울산수필동인들을 초대한 날에

전울산수필동인회장, 시인, 수필가, 울산대학교 국어국문학부 명예교수 양명학

PROLOGE

신상열은 1958년 경상북도 의성군에서 가난한 농부의 아들로 태어났다.
1978년부터 울산에서 공직생활을 시작해 2017년 남구 삼산동장을 역임하고 1년간 공로 연수 후 자연인으로 돌아간다.
한때는 테니스를 즐겼고, 2002년부터는 마라톤 마니아가 되어 이제까지 42.195km를 88회 완주하였다. 그 중 3시간 35분 19초의 최고 기록을 잊을 수가 없다.
평소 농촌을 그리워하며 자연과 더불어 살아가겠다는 일념 하에 10년 전부터 차근차근 전원생활을 준비해 왔다. 손수 자재를 구입하고 건축 전문가가 아닌 일반인 3명과 함께 3년간 황토 집을 지었다. 저자는 이 책에 그 과정을 실었다. 집 짓는 방법을 설명하고, 누구나 쉽게 지을 수 있도록 사진 위주로 엮었다.

집을 짓는다는 것은 재미있는 일이다. 특히 가족들이 합심해서 집을 짓는 것은 더욱 더 성취감을 느끼게 한다.

저자는 이 집이 공직자로 함께한 아내와 30년 넘게 외손자, 외손녀를 키우고 살림을 도와주신 장모님께서 노후를 즐기실 수 있는 공간이 되길 바란다. 또한 이곳에서 책읽기와 글쓰기를 좋아하는 아내가 힐링할 수 있는 장소가 되었으면 하는 바람이다.

– 2017년 12월 12일

신상열

CONTENTS

추천사 후락헌을 바라보며 · 004

프롤로그 · 008

PART 01

전원의 삶이란? · 012

PART 02

전원주택을 지으려면? · 015

PART 03

어떤 자재, 어떤 크기로 지을 것인가? · 017

PART 04

어느 곳에 지을 것인가? · 019

PART 05

어떻게 지을 것인가? · 020

PART 06

그동안 무엇을 준비했나? · 022

PART 07

본격적인 '작은 행복의 집'짓기 · 030

에필로그 '작은 행복의 집' 1차 공사를 마무리하면서 · 170

전원의 삶이란?

어느덧 예순을 바라보면서 정년퇴직이 눈앞에 다가섰다.
35년이 훌쩍 넘은 공직 생활을 마무리하는 시점이다. 이 나이쯤 되면 대부분 고향산천을 그리워하며 목가적인 생활을 하고 싶어 한다. 그것이 인간의 본능 아닐까?

고향과 산골을 동경하지만 어느 곳에 어떤 집을 짓고 어떻게 즐길 것인가에 대해서는 깊이 생각해본 적이 없었다. 오로지 생활은 도시에서 하되 일주일에 하루나 이틀, 한 달에 서너 번은 포근하고 아늑한 전원에 살고 싶었을 뿐이다.

공직자 살림살이가 그리 넉넉하지는 않지만 정년을 4~5년 앞둔 이때쯤 이런 집을 짓지 않으면 후회할 것 같아 즐기던 마라톤도 잠시 접고 오로지 전원생활을 즐기기 위해 과감하게 황토집 짓기에 돌입했다.

전원생활은 절대 하루아침에 이뤄지지 않는다.
충분한 시간과 준비를 거쳐 시작해야 한다.

수년에 걸쳐 준비해 온 것을 토대로 앞으로 ‘작은 행복의 집’을 지을 것이다. 그리고 이것을 차근차근 정리해서 전원생활을 하고자 하는 많은 분들에게 도움이 되었으면 한다.

어느 책에 실린 글을 보았다.
전원에서의 삶은 조금은 내려놓아야 행복하다. 그러니 전원주택은 너무 화려하게 건축하지 마라. 전원주택은 작은 것이 좋다. 전원주택을 지을 때 욕심을 내면 배보다 배꼽이 더 커진다.
아름다운 전원에서 작은 소망으로 살면, 건강하게 행복을 누릴 수 있다.
기다림 속에 맺는 결실, 그것이 삶이란 걸 자연은 가르치고 있다.
기다림은 전원생활의 필수이다.

• 14

한적한 곳에 지어진 옛날 오두막집.

그런 곳에서 아무런 걱정 없이 소박하게 살고 싶은 것이 나의 소망이었다. 만약 어린 시절 저런 곳에 살았을 때 행복지수는 더 높았을 것이라는 생각이 문득문득 들곤 한다.

당초 내가 짓고 싶었던
작은 오두막집

•15

전원주택을 지으려면

집을 짓기 위해서 두 가지는 반드시 충족되어야 한다. 첫째, 땅이 있어야 한다. 둘째, 그 땅은 도로에 접해야 한다.
예로부터 배산임수(背山臨水)란 뒤쪽이 산이요, 앞에 물이 흐르는 곳이다. 풍수지리학에서 이런 땅을 명당이라 했다. 그런데 그런 땅을 어디 구하기가 쉬운가?
농지나 임야를 매입하더라도 대지로 전용할 수 있어야 한다. 충분한 검토 없이 땅을 매입했을 경우 낭패를 볼 수 있으므로 반드시 전문가의 의견을 들은 후 구입해야 후회할 일이 없다.

불법건축물을 짓는다면 도로가 필요 없겠지만 허가를 받아 집을 지으려면 반드시 대지가 도로에 접하여야 한다. 건축 연면적에 따라 부설주차장이 필요한 경우도 있다. 막다른 도로 등 부지여건에 따라 도로에 필요한 너비가 달라질 수 있으며 기본적으로 건축법에는 너비 4m 이상이 도로에 접하도록 규정되어 있다.

전기가 있으면 생활이 그만큼 편하다는 것은 누구도 부인할 수 없을 것이다. 하지만 요즘 인기리에 방영되고 있는 '나는 자연인이다'와 '나는 자연愛 살다'라는 프로그램을 보면 물과 전기는 절대 필수적 요소가 아니라는 것을 알 수 있다.

•17

어떤 자재,
어떤 크기로 지을 것인가?

콘크리트, 벽돌블럭조, 경량철골, 흙벽돌에 기와집, 통나무형 목조주택 등등 어떠한 자재를 사용할 것인가?
나는 건축비가 적게 들고, 건축자재는 구하기 쉽고, 가급적이면 한국 전통성을 살린 전원주택을 짓고 싶었다.
앞서 언급한 바와 같이 집을 짓는 데 동참한 세 명은 건축 전문가가 아니기에 완전한 전통주택이 아니라, 전통적인 모습에 근접한 집을 지었을 뿐이다.

어떠한 크기로 지을 것인가? 전원주택은 크게 지을 필요가 없다. 집이 크면 냉·난방비, 유지관리비가 만만찮다.
부부가 아닌 가족들이 머무르는 기간은 1박 2일, 길어봐야 2박 3일일 것이다. 사실 자식들과 어울려 전원생활을 함께 즐긴다는 것은 현실적으로 어려운 일이다. 개개인이 개성 있는 삶을 살아가는 요즘 가족문화를 감안해 작고 아담하게 지어 부담 없이 즐기는 것이 중요하지 않을까?
그러므로 비싼 자재를 사용하지 말고 호화롭게 짓지도 말자.

•19

어느 곳에 지을 것인가?

전원생활을 즐길 사람은 바로 자신이다. 전원생활이 종교인처럼 모든 것을 잊고 속세를 벗어나서 사는 삶은 아니지 않은가? 다른 사람과 더불어 자연을 즐기며 사는 것이 나의 전원생활 원칙론이다.

그러므로 너무 외진 골짜기와 외딴집 그리고 산사태가 우려되는 비탈진 곳, 급류가 범람하는 하천가, 자연재해가 우려되는 곳은 반드시 피하는 것이 좋다.

어떻게
지을 것인가?

집을 지은 경험이 전혀 없는 사람이 집을 짓는다는 것은 큰 모험이다. 나는 부모님이 살아계실 때 한옥을 이엉으로 이는 것과 집 짓는 것을 봤을 뿐이다. 그래서 전원주택을 간단하면서 힘들지 않게 지으려 고심했다.

기초는 콘크리트로 튼튼하게, 벽체는 황토를 이겨 한 칸 한 칸 쌓아 올리기로 했다. 그리고 지붕은 나무 서까래 위에 황토를 깔고 그 위에 다시 보온용 압축 스티로폼을 깐 후 함석기와를 덮고 싶었다. 안방은 작은 구들 온돌방, 거실과 주방은 도시가스 보일러를 넣고, 작은 화장실에 샤워 시설, 그리고 각종 농기구를 넣어둘 수 있는 창고 하나를 만들 생각이었다.

황토집을 짓는 데는 많은 돈이 들어간다. 그러나 나는 그렇게 비싸고 좋은 집을 지을 여력이 없다.

무너지지 않게, 비가 새지 않게, 여름에는 시원하고, 겨울에는 따뜻한, 대한민국에서 아니 전 세계에서 단 한 채 뿐인 집을 짓고 싶었다.

그동안
무엇을 준비했나?

대지 확보

전원주택을 짓기 위해서는 최소한 수년간 장기적인 안목에서 준비를 해야 한다.

나는 20여 년 전 울산광역시 울주군 온양읍 발리 947번지, 처가 인근 한적한 하천가 169㎡의 대지를 물려받았다. 10년 전 400여 만 원으로 구거쪽에 석축을 쌓고, 대지를 1.5m 성토하는 형질변경 공사를 했다. 이후 텃밭으로 사용해오다가 5년 전부터는 각종 조경수를 옮겨 심고 조경석도 미리 준비해 놓았다.

돌담 쌓기

담의 종류에는 흙담, 돌담, 수벽, 시멘트 블럭 등이 있다. 많은 사람에게 여러 가지 조언을 받았지만 최종적으로 친근감을 줄 수 있는 돌담을 쌓기로 결정했다.

몇 해 전 석축용 깬돌을 25톤 덤프 차량 4대 분량

을 확보해 놓았다. 깬돌을 전원주택지 주변에 부어 놓으니 작은 산을 방불케 했다. 포크레인 1대를 하루 임차해서 큰 돌은 돌 기둥삼아 군데군데 놓고, 나머지 돌은 담을 쌓기 좋도록 적당한 크기로 깨 놓았다. 매주 토 · 일요일 건축현장에 혼자 가서 5개월간 쌓으니 어느 정도 돌담 형태가 나타났다.

큰 돌을 기둥용으로 군데군데 세우고 작은 돌을 하나하나 쌓았다.
쌓은 돌이 움직이면 작은 돌을 틈새에 끼워 넣어 돌이 움직이지 않게 했다.

돌담을 쌓을 때는 돌이 흔들흔들 움직였으나 4~5년이 지난 지금은 탱크가 들이받아도 괜찮을 정도로 튼튼한 돌담이 되었다.

조경수와 산야초 옮겨심기

대문호 '헤르만 헤세'는 평생 정원을 가꾸고 그림을 그리면서 자연을 즐겼다고 한다. 이 같은 전원생활의 근거지는 바로 시골 농촌이다. 나는 시골 농촌 즉 논과 밭 그리고 주변 산천 자체가 정원이라 생각한다. 산천을 즐기되 집안에는 그 집 분위기에 맞는 정원이 반드시 필요하다.

집안에 조경수가 많으면 그늘에 가려 잔디와 꽃이 잘 자라지 않는다. 그리고 키가 큰 조경수는 집안의 기를 빼앗아 간다. 나의 경우, 봄에는 아름다운 꽃, 여름에는 시원한 그늘, 가을에는 예쁜 단풍, 그리고 겨울에는 앙상한 나뭇가지를 감상할 수 있는, 특히 자연석을 곁들인 동양적인 조경을 좋아한다.

•25

7년 전 집 지을 자리를 미리 정해놓고 100년생 모과나무 한 그루, 30년생 매화나무 세 그루, 주목 한 그루, 노박넝쿨 한 그루와 인근 분재원에서 구입한 적송 세 그루를 심었다. 몇 년 뒤 손주들의 놀이용으로 나무 위에 집을 짓기 위해 다간형 느티나무도 한 그루 심었다. 2016년 봄에는 손자가 태어나 집안에 심어 놓으면 정승이 배출된다는 회화나무 한 그루도 심었다.

산야초는 아버지 산소에서 가져온 잔디와 할미꽃, 고향 밭둑에 피던 좁쌀나무와 산수유, 고향집 마당에 심어져 있던 작약과 모란을 옮겨왔다. 그리고 울산에서 흔한 비비추와 무늬 둥굴레 초롱꽃을 심고 담장 주변과 하천변에는 금계국을 심었다.

특히 울산 산림조합에서 구입한 열매가 굵은 은행나무 세 그루를 돌담에 맞춰 심어 양쪽 현애형으로 키워 놓으니 지금은 모두가 부러워하는 조경수가 되었다. 조경수와 산야초는 꼭 맞는 자리에 심어야 한다. 옛 어르신께서 실내에는 사람 키보다 작고, 마당에는 지붕 높이보다 낮은 나무를 키워야 기(氣)를 빼앗기지 않는다고 했다.

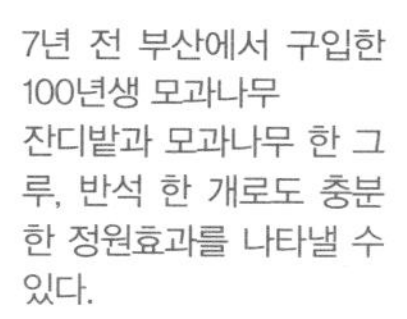

7년 전 부산에서 구입한 100년생 모과나무
잔디밭과 모과나무 한 그루, 반석 한 개로도 충분한 정원효과를 나타낼 수 있다.

굵은 열매가 열리게 개량된 은행나무 세 그루를 담장 위 현애형으로 키울 예정이다.

•27

원두막 짓기

휴식을 취하면서 자연을 즐길 수 있는 아주 작은 원두막을 개울가 인접한 곳에 지었다. 서까래 15개와 원목기둥 4개를 구입해서 지인들과 함께 짓고, 지붕은 전문가에게 맡겨 아스팔트 싱글로 덮었다. 자재와 공사비 포함 85만 원을 들여 어설프지만 그런대로 쓸 만한 원두막 한 채를 완성했다.

개울가에 지은 작은 원두막.
처마 끝을 좀 더 길게 했으면
비가림이 잘 되었을 것이라는 아쉬움이 있다.

•28 설계도서 그리기

혼자서 생각해 오던 전원주택의 배치도를 종이 위에 그려봤다. 전원주택은 작게 지어야 한다는 평소 생각대로 그렸다.

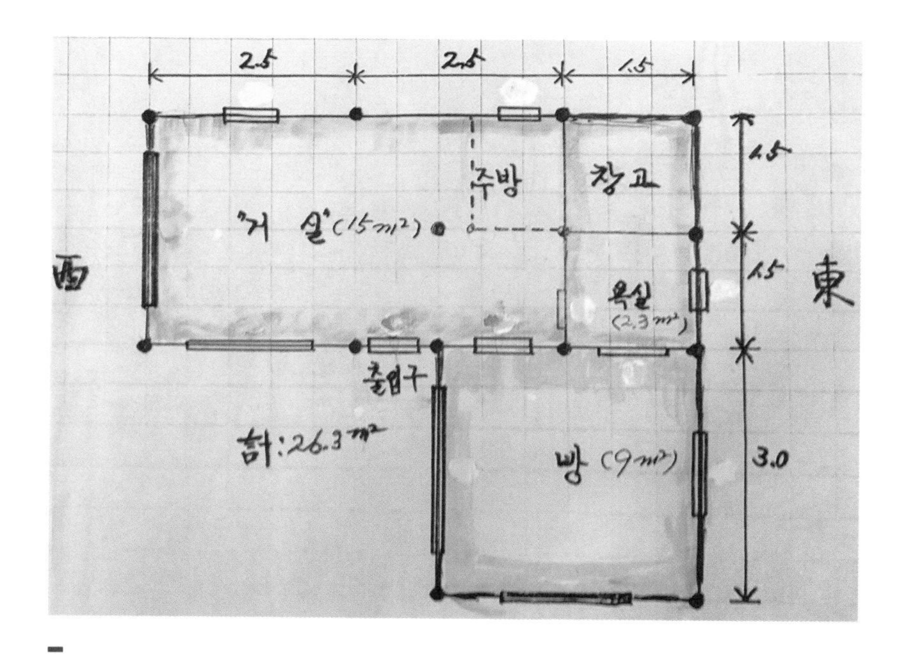

‘전원주택은 절대 크게 짓지 말자’는 나의 생각대로
작아도 쓸모가 있도록.
방과 거실 한 칸씩 그리고 화장실과 창고를 그렸다.

• 29

건축신고 수리

건축법 제14조의 규정에 의거, 건축사 대행으로 군청에서 건축신고가 수리되었다.

- 신고일자 : 2013. 6. 11.
- 대지위치 : 울주군 온양읍 발리 947번지
- 대지면적 : 169㎡
- 용도지역 : 자연녹지지역
- 건축면적 : 29.7㎡(9평 정도)
- 구조층수 : 일반목구조 1층
- 주차대수 : 해당사항 없음.
  (건축면적 50㎡ 미만 적용)

– 자연녹지지역이라 건폐율 20%, 개인하수 처리시설 설치 필요 지역

본격적인 "작은 행복의 집" 짓기

서까래 구입 및 다듬기

다행히 집 짓는 장소 근처에 제재소가 있어 서까래, 기둥목, 문틀목, 도리목, 지붕에 덮을 송판 등을 구하기가 쉬웠다. 단지 집 짓는 장소가 협소하여 많은 자재를 쌓아 둘 놓을 공간이 부족했다. 그래서 그때그때 필요한 것을 하나하나 구입해서 들여 놓기로 했다.

전원주택을 지으려면 많은 돈이 들어가므로 비싼 자재보다 구하기 쉽고 값이 싼 자재를 사용하기로 마음먹었다.

잘 다듬어진 육송 서까래는 길이 3m, 지름 15cm인 것이 1개에 4만 원 정도였다. 육송은 비싸고 구하기도 힘들어 굵기가 같은 낙엽송 서까래를 개당 1만 원에 45개를 구입했다.

서까래를 대충 맞춰 구입했더니 굵기가 제각각

달랐다. 낫으로 나무껍질을 벗긴 후 전기톱으로 옹이를 잘라내고 일정한 굵기에 맞춰 전기 대패로 서까래 표피를 깎아 내었다. 서까래 굵기가 균일하고 표면이 일정해야 나중에 서까래 위에 송판 붙이는 작업이 쉽기 때문이다.

낙엽송은 비를 맞으면 뒤틀리기 때문에 서까래 42개를 2.7m 길이로 잘라 위아래 가급적 같은 굵기로 다듬어 비를 맞지 않게 보관했다.

1 전기톱으로 옹이를 자르고,
낫으로 낙엽송 껍질을 벗겼다.

2 전기 대패로 서까래 굵기가 거의 비슷하게
표피를 깎고 있다.

3 서까래 위아래의 굵기를 맞춰 가면서
2.7m 길이로 자르고 있다.

4 낙엽송은 뒤틀림 현상이 심하기 때문에
치목 후 비 맞지 않게 보관했다.

•33

기초공사

지진, 태풍 등 천재지변에 대비해서 기초는 무엇보다 튼튼하고 완벽하게 시공해야 한다. 그래서 높이 1m, 폭 0.4m 철근 콘크리트 기초를 타설하기로 하고 기초공사는 전문가에게 맡겼다. 하루만에 거푸집 설치와 철근 배근 후 콘크리트 타설은 물론 5인용 정화조까지 묻었다.

기초공사 시 포크레인으로 땅을 파야 했는데 장모님께서 좋은 게 좋다고 꼭 토신(土神)께 예를 표하라고 하셨다. 오징어포, 포도 한 송이, 막걸리 한 통으로 제를 올리고 아무런 사고 없이 집을 잘 짓게 해 달라는 뜻으로 건축 부지 구석구석에 막걸리를 부었다.

기초공사 전 반석에 간단한 제사상을 차려 집 짓는 동안 안전사고가 발생하지 않도록 해 달라고 토신(土神)에게 예를 표했다.

1 건축면적이 29.5㎡로
법령상 5인용 정화조를 묻었다.

2 거푸집은 전문가에게 맡겼다.
오전에 거푸집 설치와 철근 배근 공사,
오후에 콘크리트 타설 완료

3 거푸집은 콘크리트 타설 후
하루 이내 해체해야 하므로
이튿날 새벽 거푸집 해체 작업을 완료했다.

• 35

벽체 기둥 다듬기

벽체 기둥용으로 길이 2.2m, 지름 0.3m의 둥근 원목 12개를 개당 2만 원에 구입했다.

원목은 껍질을 벗겨 놓은 지 오래되어 별도로 다듬을 것이 없었다. 길이 2.2m 원목을 위아래 굵기가 비슷하도록 1.9m 길이로 잘라 비를 맞지 않게 보관해 놓았다.

위아래 굵기가 비슷한 곳을 골라 1.9m 길이로 원목기둥 자르기

일정한 규격으로 자른 원목기둥 열두 개를 비 맞지 않게 보관했다.

송판 구입

서까래를 걸친 후 그 위에 깔 송판을 70만 원에 구입했다.

국내산 육송이라 군데군데 괭이 구멍과 소나무 좀벌레 피해가 있어 상품가치는 떨어지지만 집 짓는 곳 근처에 제재소가 있어서 비교적 저렴한 맛에 구입을 했다.

두께 1.5cm, 폭 12cm, 길이 3.6m,
국내산 육송 송판을 구입해서 뒤틀리지 않고 건조가 잘 되도록
사이사이 각목을 놓아가면서 건조를 시켰다.

• 37

각목 구입

서까래 설치 후 서까래 위에 송판과 부직포를 깔고 그 위에 다시 흙을 채우기로 했다. 지붕 위 흙 쏠림을 방지하기 위한 칸막이를 설치하고 각종 비계를 만들자면 각목이 필요하기에 가로 8cm, 세로 4cm, 길이 2.2m짜리 나왕 각목 80개를 16만 원에 구입했다.

지붕 위 흙 쏠림 방지용 칸막이 설치와
각종 비계를 만들 각목 80개 구입

•38

비계 만들기

시중 판넬 가게에서 비계를 임대하여 사용할지 구입해서 사용할지 망설이다가 집 짓는 기간이 너무 길어질 것 같아 일부는 목재로 제작하고, 일부는 기존 알루미늄 발판을 보완해서 사용키로 했다.

높은 곳에 올라갈 수 있는 사다리형 비계 1개, 전기 대패와 톱질을 할 수 있는 가로형 낮은 비계 1개, 그리고 대들보와 서까래를 걸 때 도리목을 건너다닐 수 있는 길이 3m, 폭 0.3m 알루미늄 판넬에 각목을 연결한 4m짜리 발판 비계 2개를 만들었다.

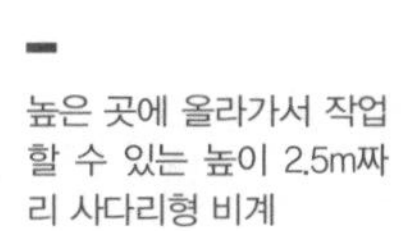

높은 곳에 올라가서 작업할 수 있는 높이 2.5m짜리 사다리형 비계

전기 대패와 톱질을 할 수 있는 가로형 낮은 비계

길이 3m, 폭 0.3m 알루미늄 발판에 각목을 연결해서 도리목을 건너다닐 수 있도록 만든 4m짜리 발판 비계

나무기둥 세우기

집을 짓기로 의기투합한 세 사람은 집을 지은 경험이 전혀 없을 뿐 아니라, 양옥은 물론 한옥에 대한 전문 지식이 없는 사람들이다. 그리고 나는 전구 하나도 교체하지 못한다.
함께 집을 짓기로 한 그 중 한 사람은 분재동호회원으로 전기 대패, 전기 톱, 전기드릴 등을 능수능란하게 다룰 줄 아는 남다른 손재주가 있고, 또 한 사람은 마라톤동호회원으로 설비 자격증은 없지만 보일러, 상하수도 설치에 대해 전문가 못지않은 해박한 기술을 보유하고 있다.
우리가 제일 먼저 해야 할 공정은 원목기둥 세우기였다. 원목기둥을 어떻게 세워 고정할까? 1주일을 고민하니 답이 나왔다. 먼저 길이 15cm, 굵기 1.5cm 스테인리스 앵커볼트 11개를 만들었다. 전기드릴로 콘크리트 바닥과 원목기둥 양쪽에 굵기 1.5cm 깊이 7.5cm 구멍을 뚫은 후 콘크리트에 스테인리스 앵커볼트를 꽂고, 다시 나무기둥이 좌우로 밀리지 않게 스테인리스 앵커볼트를 끼워 나무기둥을 세워 나갔다.

1 먹줄로 콘크리트 바닥에 중앙선을 긋고, 전기드릴로 깊이 7.5cm 구멍을 뚫어 굵기 1.5cm 스테인리스 앵커볼트 박기

2 원목기둥 가운데에 전기드릴로 깊이 7.5cm 구멍 뚫기

3 길이 15cm, 굵기 1.5cm 스테인리스 앵커볼트를 가운데 꽂은 후 원목기둥 세우기

4 원목기둥이 좌우로 밀리지 않게 기둥과 기둥 사이를 각목으로 고정하기

도리목 받침대 설치

원목기둥 열한 개를 수직으로 맞춰 세웠다. 그런 다음 원목기둥이 좌우로 밀리지 않게 각목으로 고정한 후 서까래를 걸칠 수 있도록 도리목을 설치해야 한다.

도리목 설치 이전에 받침대를 만들어 끼워야 도리목의 안정성을 기할 수 있다. 원목기둥 위에 길이 50cm, 두께 15cm의 도리목 받침대를 얹을 수 있도록 깊이 5cm 홈을 파서 받침대를 얹은 후 길이 30cm, 굵기 1.0cm짜리 볼트로 만든 못을 박아 도리목 받침대를 고정했다.

그 위에 다시 두께 15cm 도리목에 깊이 7.5cm 홈을 파내고 좌우 도리목을 연결하니 원목기둥 높이 190cm, 도리목 받침대 10cm, 좌우 도리목 각각 7.5cm를 합해 결과적으로 집 높이는 215cm가 되었다. 요즘 짓는 아파트 천정 높이와 비슷했다.

1 길이 50cm, 두께 15cm 도리목 받침대에 원목기둥 넓이에 맞춰 깊이 5cm 홈을 팠다. 굵기 1.5cm 스테인리스 앵커볼트 박기

3 도리목 받침대 위에 좌우 도리목을 연결한 모습

2 도리목 받침대를 원목기둥 위에 끼워 놓고 길이 30cm, 굵기 1.0cm 볼트 못을 만들어 박아 고정했다.

도리목 고정하기

지금까지 원목기둥을 세우고 도리목 받침대와 도리목을 얹어 놓았다.

이제부터는 도리목을 고정해야 한다.

도리목을 고정하는 방법은 도리목 받침대와 도리목 연결부에 전기드릴로 구멍을 뚫어 길이 35cm, 굵기 1.0cm 아연강 소재의 볼트에 스프링 와셔를 끼우고 다시 평 와셔를 넣어 너트로 조이는 방법을 선택했다. 그런 다음 도리목 이음새 부분에 평판 꺽쇠로 고정해 기둥과 도리목이 한쪽으로 휩쓸리거나 뒤틀리지 않도록 견고하게 시공했다.

현재까지는 내 의도대로 공사가 잘 진행되고 있는 것 같았다.

도리목 고정 작업 완료 후, "작은 행복의 집"을 책임질 세 사람

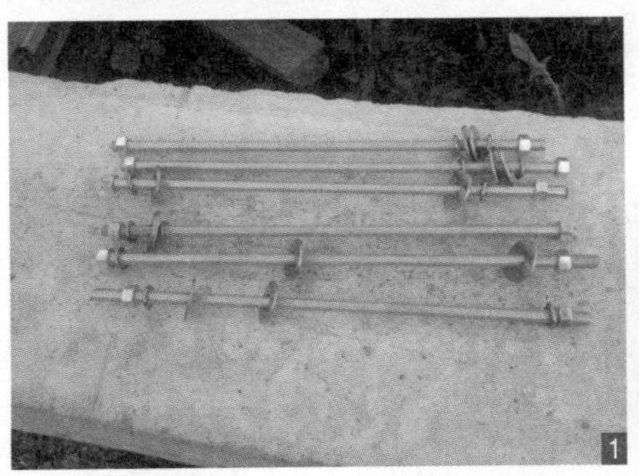

1 도리목 받침대와 도리목을 고정할 길이 35cm, 굵기 1.0cm 아연강 소재의 볼트와 너트

2 길이 30cm, 굵기 0.9cm 드릴 날을 연결해서 도리목과 도리목 받침대 사이에 구멍 뚫기

3 길이 35cm 볼트를 박아 위아래 스프링 와셔와 평 와셔를 끼워 너트로 고정하기

4 한쪽으로 휩쓸리거나 뒤틀림 현상이 생기지 않도록 도리목 이음새 부분에 평판 꺽쇠로 연결하기

상하수도 매설 및 정화조 관로공사

도로에서 인입한 상수도관을 집안으로 매설하면서 마당 두 군데에 수도꼭지를 설치하고, 싱크대와 화장실에서 나오는 하수를 정화조까지 연결하는 설비공사를 했다.

설비공사를 위해 줄톱, 파이프렌치, 배관용 테이프, 건축용 칼을 준비하고, 건재상에 들러 지름 20mm짜리 엑셀 40m, T자 및 L자 엘보 5개, 냉해 방지용 수도꼭지 2세트, 정화조 연결 파이프 100mm 1봉, 50mm 2봉, 시멘트 1포대를 구입했다.

상수도 계량기에서 상수도를 인입해서 대문 입구와 집 뒤쪽에 수도꼭지 각각 한 개씩 설치했다.

화장실과 주방에 쓰일 상하수도 인입 및 온수관 연결 작업

주방과 화장실에서 나오는 하수를 정화조에 연결

대들보 받침목 올리기 및 아치형 서까래 설치

목재로 황토집을 짓기 위해서는 지붕을 먼저 덮는 것이 중요하다. 그래야 비를 피하고 서까래와 기둥 등 목재 뒤틀림을 막을 수 있을 뿐 아니라 각종 자재를 넣어둘 공간이 생기기 때문이다.

지붕을 덮으려면 거실과 안방에 대들보 걸기 - 대들보와 도리목 사이 서까래 걸기 - 서까래 위 송판 덮기 - 송판 위 부직포 깐 후 황토와 소금을 섞어 덮기 - 보온용 압축 스티로폼 깔기 - 형틀 제작 후 함석기와 얹기 등을 해야 비로소 지붕이 완성된다.

먼저 지붕을 만들기 위해서는 지붕 경사각을 몇 도로 할 것인지 정해야 한다. 울산 지방에는 폭설이 자주 없기에 경사각을 40도 정도 유지하기로 하고 대들보 기둥목으로 사용했던 원목을 받침목으로 사용하기로 했다. 그것을 길이 0.5m로 잘라 거실에 1개소, 안방 2개소에 받침목을 얹고, 주방 쪽에는 2.7m짜리 원목기둥을 세워 대들보를 연결하기로 했다.

•49

특히 거실에는 아치형 서까래 2개를 세워 아름다운 자연 곡선을 볼 수 있도록 했다.

지붕 경사각을 어떻게 할 것인가?
눈, 비, 바람 등에 세심하게 신경을 쓴 결과
지붕 경사각을 40도 유지키로 결정했다.

1 안방 쪽에 40도 지붕각을 맞춰 놓고
대들보 받침목을 세워 수평 잡기

2 거실 가운데 아치형 서까래를 2개 설치한 후
대들보 수평 잡기

3 거실 쪽에 아치형 서까래와 대들보 받침목으로
수평을 잡은 후 아치형 서까래 볼트로 고정하기

4 아치형 서까래 설치 및
대들보 받침목 고정 작업을 완료한 모습

•51

상량문 쓰기

상량식을 올리기 전 작은 대들보에 상량문을 쓴 후 대들보를 걸었다.

상량문은 화재를 예방한다는 뜻에서 작은 대들보 양쪽에 龍, 龜 자를 마주 보도록 쓰고 그 가운데 집을 지은 목적과 집을 지은 연도를 적는 것이고, 상량제는 집 짓는 동안 아무런 사건, 사고 없이 무사안녕과 가정의 행복함을 기원하는 것이다.

가족 모두가 동참한다는 뜻으로 '龜와 龍' 그리고 '이천십삼년 시월 십구일'은 내가, 가운데 '작은'은 아내가, '행복의'는 아들이, '집'은 딸이 적었다.

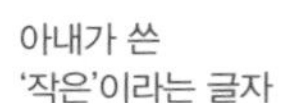

아내가 쓴
'작은'이라는 글자

아들이 쓴 '행복의'라는 글자.
딸이 쓰는 장면은 아깝게 놓쳤구나.

상량제 올리기 및 대들보 걸기

상량식이란, 집을 지을 때 기둥을 세우고 대들보를 올린 후, 際를 지내는 것이다. 돼지수육, 시루떡, 과일, 두부, 김치를 통째로 상에 올려놓고, 지인들을 초대해서 정성껏 상량제를 올렸다. 상량식 날에는 집 짓는 일을 하루 미루고 이웃은 물론 같이 공사하는 사람들과 음식을 나눠 먹으면서 즐겁고 재미난 시간을 가졌다.

상량식을 마치고 음식을 나눠 먹은 후 대들보를 걸었다. 거실 쪽 아치형 서까래에 상량문을 쓴 작은 대들보를 걸고 볼트를 박아 너트로 조인 후 다시 좌, 우 대들보를 연결해서 볼트와 너트로 조임 작업을 했다. 그다음 안방 쪽 대들보 기둥에 대들보를 얹고 고정 작업을 하는 것으로 대들보 걸기를 마무리했다.

그동안 진행된 공사 과정과 공사 현장의 모습을 현수막에 남겨 '무너지지 않게, 비가 새지 않게, 포근하고 따뜻하게'라는 집 짓는 취지를 걸어 놓고, 정성껏 차린 상량제상

많은 지인들이 오셔서 축하해주었다.

상량문을 쓴 작은 대들보를 옥양목에 묶어 아내와 함께 아치형 서까래에 올렸다.

1 아치형 서까래에 상량문을 적은 작은 대들보를 고정하고 실타래로 마른 명태를 묶었다.

3 아치형 서까래 위에 작은 대들보를 고정한 후 그 위에 큰 대들보와 연결했다.

5 거실과 안방 대들보 걸기 공정 마무리, 다음 공정은 서까래 걸기

2 아치형 서까래에 상량문을 쓴 작은 대들보를 볼트로 고정했다.

4 대들보 받침목에 길이 30cm, 굵기 1.0cm 볼트 못으로 고정했다.

•55

정화조 주변 흙 채우기 및 꺽쇠 박기

집 뒤편에 정화조를 묻고, 정화조 주변에 흙을 채웠다. 오후에는 부산에 거주하는 지인이 집 짓는 현장을 찾아오셨다. 전문기술자도 아닌 사람들이 집을 짓는다고 하니 깜짝 놀라면서 조언을 해 주신다.

지붕에는 반드시 흙을 얹어라.
시중에 파는 흙벽돌로 벽체를 쌓지 마라. 절대 공사 기간을 앞당기려 하지 마라. 온갖 부류의 사람들이 건축 현장을 다녀갈 것이니, 절대 흔들림 없이 소신껏 지어라.
세월아 네월아 하면서 집 짓는 것 자체를 즐겨라.
황토집의 성공여부는 창문 등 각종 문에 있다.
황토집은 촌집에 맞는 문을 사용해라.
집 지은 후 주인이 자주 찾지 못하면 다른 사람들이라도 자주 황토집을 이용하게 해라. 단, 가족끼리 사용하는 조건 하에 빌려줘야 한다.
구구절절 옳은 말씀이시다.

오후에는 건재상에 나가서 ㄷ자 꺽쇠 40개를 샀다. ㄷ자 꺽쇠를 도리목과 대들보 받침목 등 나무새 부분에 박으니 서로 밀리지 않고 더 견고한 집이 되는 것 같았다.

1 집 뒤편 정화조에 빗물이 들어가지 않게 시멘트 벽돌을 쌓고 그 주변에 흙을 채웠다.

2 원목기둥과 도리목 받침대를 더 견고하게 만들기 위해 철근 꺽쇠를 박았다.

3 대들보 받침목과 대들보 사이에 꺽쇠 박기

•57

화장실, 창고 콘크리트 타설 및 수맥 확인

화장실 내부는 타일로 마무리 해야 하므로 바닥에는 콘크리트를 타설했다.

예로부터 '집터에 수맥이 흐르면 건강과 수면에 지장을 초래한다'는 설이 있다. 또한 어느 집, 어느 땅이나 지기(地氣)가 있단다. 풍수지리학에 관심이 많으신 양명학 울산대학교 국어국문학부 명예교수님께서 손수 수맥을 점검해 주셨다.

다행히 수맥은 나타나지 않았고, 집 방향도 좋다고 말씀하셨다. 다만, 현관을 나와 남쪽을 봤을 때 기(氣)가 빠져나갈 수 있으니 그쪽에 입석을 세우거나 소나무를 심으면 좋겠다는 조언도 해주셨다.

창고 쪽 콘크리트 타설 전 모습. 벽돌을 쌓은 곳은 앞으로 자연형 냉장고를 만들 것이다.

화장실과 창고 바닥에 콘크리트 타설을 완료한 모습

집터에 수맥과 집 방향에 대해 조언을 해주시는 양명학 울산대학교 국어국문학부 명예교수님

• 59

서까래 올리기 및 고정 작업

서까래를 대들보와 도리목에 올려 고정하는 데는 4일이 걸렸다.
주말을 이용해서 건축 작업을 할 때마다 보람과 성취감을 느꼈고, 항상 즐겁다는 생각뿐이었다.

서까래를 고정하는 작업에 돌입했다. 대들보 쪽은 굵은 못 1개와 길이 30cm, 굵기 1.0cm 볼트 못을 만들어 전기드릴로 구멍을 뚫어 볼트 못을 박고, 도리목 쪽에는 같은 굵기의 너트 못을 박은 후 위아래를 너트로 조였다. 너트로 위아래를 조일 때 스프링 와셔, 평 와셔를 끼워 너트가 밀려나지 않게 했다.
대들보와 도리목이 완전한 수평이 아니기에 서까래가 높으면 전기 대패로 서까래를 깎고, 서까래가 낮으면 나무 조각을 밑에 넣어 높이는 방법으로 공사를 했다.

1 길이 30cm, 굵기 1.0cm 볼트를 잘라
한쪽을 뾰족하게 연마기로 볼트 못을 만들었다.

2 실로 서까래 수평을 맞춰
나중에 송판 덮는 작업이 쉽도록 했다.

3 서까래가 낮은 곳은 높이고,
높은 곳은 전기 대패질을 해서 낮췄다.

4 지붕 곡각 지점은 서까래 걸기가 무척 어려워
많은 시간이 걸렸다.

5 서까래와 도리목에 전동 드릴로 구멍 뚫은 후
볼트 못을 박고 너트로 조이는 작업

6 대들보 쪽에 30cm 볼트 대못을 만들어 고정했다.

•61

서까래 걸기 마지막 작업

토, 일요일에만 집을 짓기에 도로를 지나치다 관심 있는 사람들이 수시로 방문을 한다. 이것저것 물으면서 황토집과 전원생활에 관심을 보인다. 오늘따라 구경꾼이 30여 명이나 찾아 오셨다. 주일마다 집을 짓는 게 이상타?, 집 짓는 전문가 맞는가?, 제곱미터당 건축비는 얼마인가? 주로 이런 질문이었다.

4주째 서까래 걸기 작업을 하고 있다. 오늘까지 하면 서까래 걸기 작업은 거의 끝이 날 것 같다.

1 도리목 쪽에 서까래 높이가 맞지 않아
끌로 긁어내면서 높이를 맞췄다.

2 대들보 쪽에 볼트 못과 볼트 못으로
서까래를 고정한 모습

3 최종적으로 서까래 높이를 맞추는 작업을 하고 있다.

4 서까래 걸기 작업이 마무리된 모습

•63 중참 제공

나의 고향에는 닭불고기 요리가 유명하다. 닭불고기는 생닭을 잘게 잘라 마늘과 양파를 갈아 넣고 조선간장으로 간을 맞춰 서너 시간 절여 놓았다가 숯불에 구워 먹으면 별미이다.

생멸치구이도 별미 중 하나인데 젓가락만 한 생멸치를 석쇠에 얹어 놓고 왕소금을 뿌려 구워 먹으면 된다.

중참으로 닭불고기와 멸치소금구이를 먹으며 음식의 미학을 즐기기도 했다.

중참으로 닭불고기 구워 먹기

노릇하게 구운 닭불고기

젓가락 크기의 멸치로
구운 숯불소금구이

•65

서까래 처마 끝 자르기

건축법상 기둥으로부터 처마의 길이는 1m 이내라야 한다. 그 이상이면 건축면적에 포함되고, 처마 길이가 짧으면 빗방울이 벽면을 내리칠 수 있다.

앞으로 함석지붕 추녀 끝을 30cm 더 나오게 하는 것을 가정해서 서까래를 0.7m 남겨두고 잘라냈다.

먹줄로 선을 그은 후
서까래를 0.7m 남기고 잘랐다.

서까래 자르던 날
집 짓는 곳에 구경 오신 지인들과 함께

지붕 서까래 위에 송판 깔기

옛날에는 집을 지을 때 싸릿대, 수숫대 등을 엮어 서까래 위에 깐 후 다시 흙을 반죽해서 얹고 이엉이나 기와로 지붕을 덮어 씌웠다.
작업의 간편성과 송진향을 느끼기 위해 송판을 깔기로 했다. 송판은 비를 맞지 않게 건조시켰지만 휘어진 송판이 제법 생겼다. 송판을 덮는데 2주일이 걸렸다.

비를 맞으면 송판과 서까래가 휘어질 수 있어 비를 맞지 않게 비닐로 덮었다.

1 송판 사이가 벌어지지 않도록
발로 밀어가면서 못질을 했다.

2 안방 쪽 지붕 송판 깔기

3 서울에서 내려온 지인께서
지붕 씌우는 방법에 대해 조언을 해주신다.

4 서까래 위에 지붕 송판 깔기 작업이 완료된 모습

지붕 위 칸막이 설치

지붕 위 송판 깔기 작업을 끝낸 후 부직포를 깔고, 그 위에 다시 황토를 15cm 두께로 올릴 계획이다. 그러기 위해서는 흙이 한 곳으로 쏠리지 않게 가로 8cm, 세로 4cm 각목을 잘라 칸막이를 설치했다.

지붕 정상 곡각지점에는 송판으로 V자 모양을 만들어 덮어 씌웠다. 송판이 국산 홍송이라 소나무 좀벌레가 먹어 구멍이 난 곳에는 자투리 송판으로 일일이 덮었다.

미국 캘리포니아에서 영어 원어민 강사로 온 로버트. 막걸리를 좋아하고 한옥에 대한 관심도 많단다.

지붕 정상 부분에 생긴 곡각 공간

흙이 한쪽으로 쏠리지 않게 각목으로 칸막이를 설치하고, 지붕 정상에 생긴 공간은 송판으로 V자 칸막이를 만들어 덮어 씌웠다.

소나무 좀벌레가 먹어 발생한 송판 구멍에는 자투리 송판을 덮었다.

•70

안방과 거실 쪽 지붕 날개 달기

지붕 모양을 어떻게 하고, 지붕 소재는 무엇으로 할 것인가에 대해 많이 망설였다.
지붕 소재는 함석으로 하자는 데 별 이견이 없었지만, 지붕 모양의 경우 한 사람은 '예술성이 없어 보이더라도 작업이 쉬운 뱃집 모양으로 하자.' 또 한 사람은 '한번 짓는 집 예쁘게 지어야지 어디 70년대 창고형 슬레이트집처럼 지으려고 하느냐?' 한다. 결국 세 사람 의견을 한곳으로 모아 예술성 있게 옛날 양반들 집처럼 날아갈 듯하게 멋진 기와집 형태로 짓기로 했다.

먼 훗날 "누가 지었느냐?, 왜 이렇게 지었느냐?" 하는 책임 추궁이 두려워서가 아니라 정말로 '건축은 예술이다'라는 관점에서 집을 짓고자 하는 집념이 강하신 두 분이었다.
그래서 지붕 양쪽에 날개를 달기로 하고, 날개 지붕에 사용할 서까래 6개를 도리목에 야무지게 고정하고, 날개 위에도 흙을 덮을 수 있도록 각목으로 칸막이를 설치했다.

지붕 날개 서까래가 설치 완료된 모습

1 안방 쪽 지붕 날개를 달아야 할 곳

2 처마 끝이 70cm 정도 밖으로 나오게 날개 서까래를 잘라 맞춰 보았다.

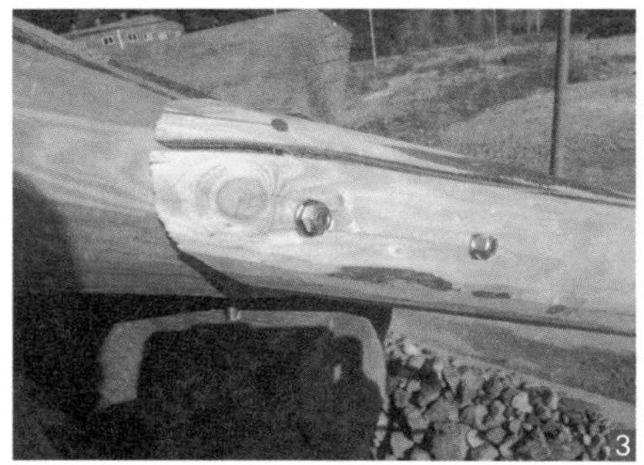

3 날개 측면 서까래가 견고하도록
너트와 볼트로 야무지게 조였다.

4 지붕 날개 서까래에 볼트 못을 박는 작업

5 지붕 날개 서까래 위에 송판 깔기 작업.
좌우 끝이 위쪽으로 올라가게 곡선을 줬다.

6 거실 쪽 지붕 날개를 연결할 곳

7 서까래를 잘라 각도를 잡는 모습

8 지붕 날개에 서까래를 볼트 못으로 고정하는 작업

9 지붕 날개 서까래가 설치 완료된 모습

10 지붕 날개 서까래 송판 덮기 완료

지붕 날개 작업 시 찾아온 지인들

지붕 양쪽 측면 뚜껑 닫기

지붕 양쪽 측면의 경우 밖에는 송판으로, 안에는 황토를 반죽해서 덮기로 했다. 일단 밖에는 쓰고 남은 자투리 송판을 재단해서 하나하나 못을 박아 뚜껑을 만들어 닫고, 안쪽에는 황토를 반죽해서 차곡차곡 쌓아 바람이 들어오지 않게 했다.

지붕 측면을 덮을 곳에 자투리 송판으로 재단하기

지붕 양쪽 측면에 자투리 송판으로 뚜껑 덮기를 완료한 모습

• 75

지붕에 흙 올리기

지붕에 얹을 흙으로 황토를 구하지 못하고 논흙을 구했다. 지붕 위에 올리는 데 용이하도록 거실 쪽, 안방 쪽을 구분해서 흙을 분산해 부어 놓고, 짚과 소금을 넣어가면서 물을 뿌리고 흙을 짓이겼다. 짓이긴 흙은 비를 맞지 않게 비닐로 덮어 일주일 동안 보관한 후 사다리차를 임차해서 지붕에 올리기로 했다. 송판 위에는 흙가루가 흘러내리지 않게 당초 광목을 깔기로 했으나 광목이 비싸서 농업용 부직포를 사용했다. 흙을 지붕에 올리면서 다시 짚과 소금, 그리고 석회를 뿌리고 발로 밟고, 곰배로 두들겨 흙이 서로 붙어 있도록 세심한 신경을 썼다.

전원주택에 관심이 많은 사람들이 찾아 오셨다.

1 짚과 소금 그리고 석회를 뿌려가면서
논흙을 짓이기는 작업

2 장정 넷이서 하루 종일
25톤 덤프트럭 2대 분량의 논흙을 짓이겼다.

3 사다리차 한 대를 임차해서
빈 바스켓에 논흙을 담아 지붕 위로 올리기

4 부직포를 깔고 벌레가 생기지 않게
소금과 석회를 뿌려 가면서 흙을 밟아 채웠다.

5 지붕 위에 흙 올리는 작업을 마무리한 모습

• 77

함석기와 올리기

지붕 위에 흙을 올려놓았으니 이제는 비를 맞지 않게 해야 한다.

당초 계획한 대로 지붕은 함석기와를 올리기로 했다. 두 군데 견적을 의뢰한 결과 황토 위에 보온용 압축 스티로폼 2롤을 포함해서 460만 원에 함석기와 지붕을 올려 준다는 업자를 선택했다.

지붕 모양만 만들어 놓으니 함석기와를 올려주는 업자가 지붕 형태를 별도로 만들어 완벽한 옛날 지붕 모습을 연출해 주었다.

처마 끝에 돌아가면서 각목 한 칸을 더 올리고 그 위에 압축용 보온 스티로폼을 깔아 고정한 후 다시 각목으로 함석기와를 얹을 형틀을 짰다.

날아갈 듯한 집모양의 형틀이 만들어지니 그 위에 함석지붕을 재단해서 자르고 못 박고 붙였다. 이 작업을 인부 4명이 이틀 만에 끝냈다. 다행히 비가 내리지 않아 순조롭게 지붕을 덮을 수 있었다.

집을 함께 짓기로 한 세 사람이 할 수 없는 두 번째 일이 함석지붕을 올리는 일이었다. 당초에 오두막집을 지으려고 했는데 막상 함석기와 지붕을 올리고 나니 어느 문중 고택이라 해도 손색이 없는 멋진 집으로 틀이 잡혔다.

1 보온용 압축 스티로폼을 지붕 흙 위에 깔고 각목으로 함석기와를 올릴 형틀을 제작

2 형틀 제작을 완료한 후 날개 쪽 지붕부터 함석기와 올리기

3 인부 4명이서 이틀 만에 함석기와 지붕 덮기 공사를 완료한다.

—

오두막집을 지으려고 했는데
막상 함석기와를 올리고 나니
어느 문중 고택 못잖은 집으로 태어났다.

기둥, 도리목 다듬기

함석기와로 지붕을 덮어 놓으니 비 걱정이 없어 마음이 푸근했다. 앞으로 비가 내리면 비를 피해 지붕 아래에서 각종 작업을 할 수 있으니 얼마나 다행인가?

바쁘다는 핑계로 기둥과 도리목, 서까래를 대충 다듬어 걸었더니 보기가 얄궂었다. 비 내리는 주말에는 혼자서 낫과 전동 브러시로 도리목과 대들보에 붙어 있는 나무껍질을 벗겨내고 표면을 다듬었다.

오늘도 집 짓는 것을 구경하러 오시는 분 많았다.

1 전기브러시로 원목기둥을 문질러 다듬기

2 낫으로 도리 받침목 다듬기.
먼지가 많이 나고 자칫 눈이 다칠까 싶어 보안경을 끼고 작업을 했다.

거실 쪽 대들보, 서까래 다듬기
작업 마무리

안방 쪽 서까래 다듬기
작업 마무리

돌담 위 은행나무 수형 잡기

2년 전 돌담 주변에 은행나무 세 그루를 심었다. 은행나무는 교목이라 키가 엄청 크게 자라고 오래 산다는 장수목으로 유명하다. 봄이면 파릇한 새잎, 여름에는 싱그런 잎, 가을이면 노란 잎, 그리고 열매를 수확할 수 있고, 겨울이면 앙상한 가지를 감상할 수 있는 멋진 수종이다. 특히 병해충이 달라들지 않는 참 좋은 조경수다.

남들은 은행나무를 왜 집안에 심느냐고 하지만 심어 놓은 나무 캐낼 수도 없고, 몇 해 전 일본 뱃부 어느 호텔 정원에 해송을 현애 모양으로 키워 놓았던 것이 문득 생각이 나서 그대로 두기로 했다.

은행나무에게는 미안했지만 직간으로 자라는 원가지는 자르고 좌, 우로 뻗은 가지를 유인해서 돌담 위를 따라 가지런히 자라는 현애 수형을 잡기로 했다.

수년이 지나면 아주 귀한 명목으로 태어날 듯하다.

직간으로 자라나는 은행
나무 원 가지를 잘라냈다.

직간으로 자라는 은행나
무 가지를 좌우로 유인해
서 현애 수형으로 만들기

이듬해 내가 의도한 대로
자란 은행나무

감시용 CC-TV 설치

주말마다 집을 지으러 가는데 집을 짓는 데 필요한 각종 공구 중 값비싼 장비는 주변 지인의 창고를 빌려 보관하고, 나머지 장비는 집 짓는 공사장에 그냥 뒀다.

아들 녀석이 혹시라도 절도범이 들어올지 모르니 예방 차원에서 가짜 CC-TV를 설치하자고 했다. 원두막과 안채 처마 끝에 CC-TV를 달아 놓으니 그럴 듯해 보였다.

원두막 기둥에 설치한 CC-TV

거실 쪽 처마 끝에 설치한 CC-TV

•85

입석(立石) 세우고 소나무 식재

울산에 유명한 풍수지리학자이시며 울산대학교 국어국문학부 명예교수께서 몇 달 전 집 짓는 곳을 둘러보신 후 현관에서 밖으로 나왔을 때 집 서쪽 방향이 허(虛)해서 기(氣)가 빠져 나갈 수 있다고 하셨다.

그것을 막기 위해 입석을 세우든지 큰 소나무를 심으라는 조언에 따라 입석을 세우고 소나무를 심었다.

현관에서 보이는 서쪽 하천가에 입석을 세우고 소나무를 심었다.

원목으로 문틀 짜기

'작은 행복의 집'에 문틀을 짜 넣어야 할 곳은 6곳이고, 전통문을 가로로 짜 넣을 곳은 3곳, 그리고 전통문을 세로로 짜 넣을 곳은 1곳이다.

벽체의 크기를 감안해서 적당한 크기의 문틀을 조화롭게 짜 넣자니 절대 쉬운 일이 아니다. 창의 크기를 어떻게 할까? 창의 모양은 어떻게 할까? 통유리를 어느 쪽에 넣을까? 몇 번이나 시뮬레이션을 해 봤다.

문틀은 미리 제재소에서 켜 놓은 원목 송판을 사용하기로 했다. 안방 남쪽과 거실 서쪽은 이중 통유리로, 안방 서쪽과 거실 남쪽은 하이새시 이중창으로, 그리고 안방 동쪽과 거실 북쪽은 가로 창틀을 만들어 전통문을 눕힌 이색적인 문을 만들기로 하고 현관은 하이새시 문으로 만들기로 했다.

원목 송판은 1년 전 인근 제재소에서 켜 그늘에

서 건조시켰음에도 일부 송판은 뒤틀림 현상이 발생해 있었다. 전기대패로 수평을 잡는 데 많은 노력과 시간이 소요되었다.

1 1년 전 제재소에서 원목을 켜 말린 문틀용 원목 송판

2 가로 문틀용으로 사용할 가로 15cm, 세로 15cm, 길이 180cm 각목

3 벽체 크기를 감안하여 창틀 크기를 다양한 각도에서 구도를 잡아봤다.

4 세로 기둥용 문틀을 수평으로 다듬기 작업

5 전기대패질 후 먹줄로 문틀 재단하기.
안쪽에는 화분, 수석, 도자기 등 각종 액세서리를
놓을 수 있도록 넓은 공간으로 마련했다.

6 먹줄로 통유리 넣을 곳 중앙선 긋기

7 길이 30cm 굵기 1.0cm 볼트 못을 만들어
문틀에 박기

8 왼쪽 상단은 통유리, 외쪽 하단은 작은 전통문,
오른쪽은 하이샤시 문을 짜 넣을 계획

9 전통문을 끼워 넣을
가로 문틀 3개와 세로 문틀 1개를 제작했다.

10 전통문을 아래에서 위로 열 수 있도록
위쪽에 장석을 부착했다.

•89

거실 흙 채우기

철근 콘크리트로 기초를 한 거실에는 흙을 채워 도시가스 보일러로 난방을 하고, 안방에는 온돌 구들을 놓아 난방하기로 했다.

거실에 흙을 채우려면 약 4톤 정도의 흙이 소요된다. 리어카로는 시간이 많이 걸리고 힘이 들 것 같아 마을에 있는 트랙터를 임차해서 실어 날랐다.

흙을 채운 다음 수돗물을 뿌리면서 발로 밟아 바닥 다지는 작업을 했다.

1 마을에 있는 트랙터를 임차해서 거실에 4톤 정도의 흙 채우기

2 물을 뿌리면서 발로 밟아 바닥을 다졌다.

벽체 쌓을 황토 구입

황토는 음이온이 발산하므로 몸에 좋다는 설이 있다. 특히 여름에는 시원하고 겨울에는 보온효과를 더해줌으로써 예로부터 벽체는 황토를 많이 사용해 왔다.
그러나 좋은 황토를 구하기란 쉽지 않았다. 수개월 동안 탐문한 결과 집 짓는 곳의 가까운 야산에 황토가 반출된다는 정보를 얻었다.
지대가 높은 밭을 낮춘다기에 5톤 덤프와 포크레인 반나절 사용에 30만 원에 임차해서 황토 6대 분량을 퍼 날랐다.
다행히 진한 황토색을 띠고 돌이 없어 반죽하기에 용이해 보였다. 작업과정을 미리 미리 예측해서 하나하나 구입하는 것이 경비를 절약하고 좋은 자재를 얻을 수 있었다.

벽체용으로 사용할 돌이 없고
색깔이 진한 황토 30톤을 확보했다.

황토 벽체를 쌓을 지지대 설치

안방과 거실 벽체를 시중에 파는 흙벽돌을 구입해서 사용하려다가 아무래도 흙벽돌은 자연미가 덜할 것 같아 황토에 짚을 넣어 반죽을 해서 한층 한층 쌓아가기로 했다.

황토를 이겨 벽체를 쌓으려면 지지대를 만들어 세워야 한다.

옛날에는 싸릿대, 수숫대, 대나무를 켜서 썼지만 그런 자재를 구하기가 힘들어, 쓰다가 남은 각목과 인근에 있는 대나무를 켜서 쓰기로 했다.

일단 기초 콘크리트 위에 드릴로 깊이 10cm 구멍을 뚫고, 길이 30cm 굵기 1.0cm짜리 볼트를 잘라 앵커식으로 움직이지 않게 박고 노출된 볼트에 각목과 대나무 등 지지대를 결속 철사로 조여 매었다.

기초 콘크리트에 구멍을 뚫어 길이 30cm, 굵기 1.0cm 볼트 박기

앵커식으로 박은 볼트에 각목과 대나무를 결속철사로 조여 묶었다.

창문틀 설치할 곳을 비워 두고 벽체지지대를 설치했다.

화장실과 창고 실내 시멘트 벽돌 쌓기

욕실에는 시멘트 벽돌을 쌓아 나중에 타일로 마감하고, 창고 내부는 시멘트 벽돌을 쌓고 시멘트 모르타르로 마감할 계획이다.

건축전문가는 아니지만 시멘트 벽돌은 내가 직접 한 칸 한 칸 쌓고, 밖에는 벽체 지지대를 설치해서 황토 벽체를 쌓기로 했다.

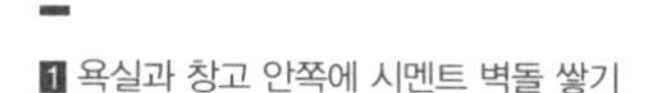

1 욕실과 창고 안쪽에 시멘트 벽돌 쌓기

2 나중에 알았지만 타일 바르는 곳은 벽돌 쌓기에 많은 신경을 써야 한다.

3 창고 쪽 벽체 시멘트 블록 쌓기

•95

화장실 및 창고 출입문 설치

화장실문에는 샤워할 때 물이 튀어 오를 수 있고, 창고문은 각종 물건을 보관할 때 관리가 편해야 하기에 하이섀시 기성문을 사 넣기로 했다. 기성문 제작회사마다 제품과 가격이 달라 가까운 곳에서 문 2짝에 30만 원에 구입해서 택배로 배달받았다. 문 벽체를 쌓기 전에 문틀을 달아놓고 벽체를 쌓았다.

1 화장실과 창고문 2짝을 30만 원에 구입했다.

2 창고 쪽에 시멘트 블록을 쌓으면서 하이섀시 문을 달았다.

3 왼쪽 벽면은 주방이므로 타일을 바르고, 화장실문 주변에는 황토 벽체를 쌓기로 했다.

황토 벽체 쌓기

황토를 반죽하기 하루 전에 물을 충분히 부어 놓았다. 짚을 넣어가면서 발로 밟고 삽으로 뒤집으며 자근자근 밟았으나, 황토를 반죽하는 것이 결코 쉽지 않았다.

주말마다 건축 작업을 하였다. 일요일에 황토를 반죽하고 비닐로 1주일 동안 덮어 숙성시켜 황토 반죽에 찰기를 증가시켰다. 황토 반죽 여하에 따라 벽체에 금이 가는 것을 줄일 수 있을 것 같았다.

황토 반죽은 처음이라 많은 시행착오를 겪었다. 짚을 더 넣어야 하나, 물을 더 부어야 하나, 발로 밟자, 손으로 반죽을 더 하자, 황토를 반죽한 후 바로 벽체 쌓기를 하자, 반죽한 황토를 1주일 정도 잠을 재웠다가 올리자 등. 세 사람의 열띤 토론 끝에 최종 결론은 짚을 넣고 반죽한 황토를 손으로 한 번 더 반죽해서 1주일간 잠을 재운 후 벽체를 쌓기로 했다.반죽한 황토 쌓기는 10−20cm 높이까지는 괜찮았으나 그 이상 쌓으니 황토가 흘러내렸다.

•97

매주 토요일은 황토 벽체 쌓기, 매주 일요일은 황토 반죽하기를 4개월. 어떨 땐 지인들, 어떨 땐 가족들, 어떨 땐 처가 식구들, 어떨 땐 직장 동료들까지 거들어주면서 반복된 작업을 계속하니 벽체 쌓기 작업이 마무리되었다.

안방 바깥쪽 황토 벽체 쌓기 마무리

거실 쪽 황토 벽체 쌓기 마무리

창고 외벽 쪽 황토 벽체 쌓기 마무리

도리목과 서까래 사이 황토 메우기 작업 마무리

거실 현관 위 황토 벽체 쌓기 마무리

1 황토 반죽 하루 전에
충분한 양의 물을 미리 부어 놓았다.

2 짚을 넣고 물을 부으면서
쇠스랑을 이용해서 황토 반죽하기

3 지난주 일요일 반죽한 황토를
벽체 쌓기 전에 손으로 한 번 더 반죽하기

4 반죽한 황토 던져서 운반하기

5 창문틀 놓는 곳에 한번에
10–20cm 정도 높이로 황토 벽체를 쌓았다.

6 안팎 벽면이 매끄럽게 되도록 황토 벽체 쌓기

사용한 장갑은 깨끗이 씻어 재활용했다.

장모님과 처제들이 황토 반죽에 동참, 집짓기가 가족 간 우의를 돈독하게 하는 기회를 부여했다.

가족들과 함께하니 즐거움이 배가 된다.

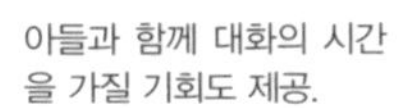

아들과 함께 대화의 시간 을 가질 기회도 제공.

아들과 딸도 황토 벽체 쌓 는 데 여념이 없다.

구석구석 황토를 다지면 서, 아들 혼자서도 잘한다.

7 2주일째 쌓아 올린 황토 벽체 건조된 모습.
아무리 반죽을 잘해도 건조과정에 실금이 생긴다.

8 실내에 앉았을 때도 밖이 훤하게 잘 보이도록
창문틀을 최대한 낮게 하고,
창문틀이 밀리지 않게 견고하게 고정했다.

9 각목과 대나무로 벽체 지지대를 설치하고
굵은 각목으로 창문틀이 움직이지 않게 고정했다.

10 창문틀을 황토 벽체에 얹어
정확한 구도를 잡은 후 원목기둥에 창문틀 고정하기

11 황토 벽체 쌓기와 동시에 실내 전기배선 공사를 했다.

12 현관 입구에 황토 벽체 쌓기 전에 배전박스 설치

13 건조한 황토 벽체는 물을 뿌려 적신 후
다시 쌓아야 접착이 잘 되었다.

15 황토를 반죽할 때 짚을 충분히 넣어야
건조과정에서 벽체 갈라지는 현상을
조금이라도 방지할 수 있었다.

17 한쪽에서는 황토 벽체 쌓고,
한쪽에서는 안방에 들어가는 전통문틀을 짜고 있다.

14 3주째 황토 벽체 쌓기 작업을 하고 있으나
진도가 그리 많이 나가질 않았다.

16 매주 일요일은 황토 반죽하는 날.
그 다음 주 토요일에 황토 벽체를 쌓을 수 있도록
충분한 양의 황토를 반죽해 놓았다.

18 각목 문틀을 제작해서 작은 전통문 끼워 넣기.
작은 전통문은 난방이 용이하고
옛날 맛을 느낄 수 있다.

19 자연석으로 벽체에 호롱불 놓을 자리를 만들었다.

20 안방이든 거실이든 밖을 자연스레 볼 수 있도록
창문틀은 최대한 낮췄다.

21 거실 북쪽 가로 전통문을 넣을 문틀 설치

22 안방 동쪽 가로 전통문을 넣을 문틀 설치

황토 벽체 쌓기에 가장 힘든 과정은 황토 반죽. 아들 친구들도 틈틈이 시간을 내어 황토 반죽 작업을 도와줬다.

황토 벽체 쌓기 2개월째 되다 보니 무늬둥굴레도 많이 자랐다. 사용했던 장갑은 깨끗이 씻어 재활용했다.

철이 바뀌니 예쁜 초롱꽃도 피었다.

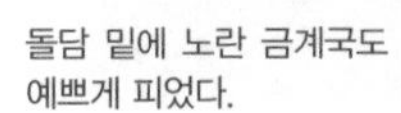

돌담 밑에 노란 금계국도 예쁘게 피었다.

일요일이면 어김없이 황토 반죽을 해야 한다. 그 많던 황토가 많이 줄어들었다.

밉든 곱든 세 사람이 '작은 행복의 집짓기'를 시작했으니 셋이서 마무리도 잘 해야 한다.

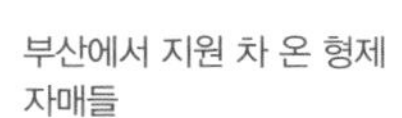

부산에서 지원 차 온 형제 자매들

3개월째 황토 벽체 쌓기. 벽면이 울퉁불퉁하지만 자연 그대로 모습이 좋아 보인다.

혼자서도 항상 기쁜 마음으로 즐기면서 집을 짓다 보니 기쁨이 두 배가 된 느낌이다.

23 반복적인 황토 반죽과 벽체 쌓기는 계속 진행했다.

24 벽체 쌓기가 진행될수록 작업에 어려움이 많다.

25 비계에 올라가서 벽체를 쌓으니
일꾼 또한 많이 필요하다.

26 벽체 쌓기가 가장 힘든 도리목과 지붕 밑.
황토가 떨어지지 않게 서까래 사이에
대못을 박아서 황토를 쌓았다.

27 높은 곳 벽체 쌓기는 힘든 작업이라
아내도 거들었다.

아들도 열심히 거들어준다.

늦은 오후 아내와 함께. 성취욕은 정말 대단하다.

반바지가 찢어질 정도로 열심히 거들어준 아들

28 안방 화장실 쪽 황토 벽체 쌓기.
화장실 안쪽 타일 시공 전 시멘트로 벽돌 쌓기

30 창고 입구 쪽 외벽 황토 벽체 쌓기

32 안방 바깥쪽 황토 벽체 쌓기 마무리

29 화장실과 창고 바깥쪽에
각목과 대나무로 지지대를 세우고 황토 벽체 쌓기

31 황토 벽체 쌓기 시작한 지 3개월 지나니
도리목 아래까지 작업이 완료된다.
앞으로 서까래와 대들보 쪽에 황토 쌓기를 하자면
1개월은 더 걸릴 듯

33 거실 쪽 황토 벽체 쌓기 마무리

장모님께서 황토 벽체가 갈라진 곳에 황토를 메우셨다.

황토 벽체 쌓기 작업이 4개월째 접어드니 돌담에 나리꽃도 피고, 세월의 흐름을 실감나게 한다.

주말이면 전 가족들이 집 짓는 데 동참을 한다.

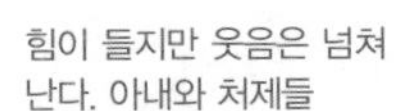

힘이 들지만 웃음은 넘쳐 난다. 아내와 처제들

하루 동안 벽체 쌓기 작업을 마치고 아내와 처제들과 함께 기쁜 마음에 활짝 웃어본다.

34 서까래와 도리목 사이 황토 벽체 메우는 작업도 결코 쉬운 작업이 아니다.

36 황토 반죽이 질펀한 경우 바람을 쐰 후 황토를 말려 벽체 쌓기를 했다.

38 창고 외벽 쪽 황토 벽체 쌓기 마무리

35 높은 곳에서 하는 작업은 그만큼 힘이 들고 어렵다. 도리목과 지붕 사이 황토 메우기

37 안방 지붕 사이 황토 메우기

39 도리목과 서까래 사이 황토 메우기 작업 마무리

•115

여러 가지 황토 반죽 방식

황토 벽체를 쌓기 위한 황토 반죽은 정말 힘들었다. 이런 방법, 저런 방법을 써봐도 힘든 것은 마찬가지였다.

황토 반죽에는 여러 가지 방식이 있다는 것을 사진과 함께 설명해 봤다.

직접 발로 밟아가면서 황토를 반죽하는 방법

농기계 일종인 관리기를 이용한 황토 반죽

경운기를 이용한 황토 반죽

트랙터를 이용한 황토 반죽

• 117

거실 도시가스 보일러 깔기

황토 벽체 쌓기 작업이 4개월여 만에 마무리가 되었다.

거실과 주방에는 도시가스 보일러를 사용하고 안방에는 온돌 구들을 놓아 화목으로 난방하기로 했다. 온돌 구들은 전문가가 아니면 설치하기가 어려워 부득이 전문가에게 맡기기로 했다. 그리고 도시가스 보일러는 당초 집짓기로 한 세 사람이 의기투합해서 하나하나 챙겨 놓기로 했다.

도시가스 보일러 설치순서는 다음과 같다. 먼저 거실 바닥에 평탄작업을 실시한 후 습기가 차지 않게 맨 밑바닥에 두꺼운 비닐을 깔고, 그 위에 보온 효과를 높이기 위해 압축용 스티로폼을 깔았다.

스티로폼 위에 모래와 가는 자갈을 섞은 콘크리트를 10cm 두께로 타설하고 그 위에 다시 와이어 매쉬를 바닥 전체 깔았다. 그런 다음 엑셀파이프를 깔면서 엑셀파이프가 움직이지 않게 반생을 이용해서 와이어 매쉬에 야무지게 묶었다.

마지막으로 콘크리트 모르타르로 거실 표면을 수평으로 마감하는 데는 수준 높은 기술이 필요하므로 돈이 들더라도 전문가에게 맡겼다.

보일러 엑셀을 일정한 간격으로 깐 후
엑셀 파이프와 바닥에 깔린 와이어 매쉬를
결속철사로 고정했다.

1 삽으로 거실 바닥 수평 정지 작업을 했다.

2 흙바닥에 물을 부어 가면서 다짐 작업을 했다.

3 땅 밑에서 올라오는 습기 방지를 위해
두꺼운 비닐을 깔고 보온효과를 높이기 위해
그 위에 압축 스티로폼을 깔았다.

4 주변 논에 있는, 폭우로 떠내려 온
모래, 자갈을 골재로 활용해서
거실에 콘크리트 타설 준비

5 거실 바닥을 10cm 두께로 콘크리트 타설하기

6 물기가 부족한 곳은 물을 부어가면서 다짐 작업했다.

7 콘크리트가 마른 후 보일러 엑셀파이프가 꼬이지 않게 결대로 풀어가면서 깔기

8 보일러 엑셀을 일정한 간격으로 깐 후 엑셀 파이프와 바닥에 깔린 와이어 매쉬를 결속철사로 고정했다.

9 거실 바닥에는 우드 타일을 깔기로 했다. 그러기 위해 거실 바닥 미장은 전문가에 맡겨 완벽하게 시공했다.

•121

화장실, 주방 벽체 타일 작업

타일 붙이는 작업은 시멘트 모르타르에 그냥 붙이면 되는 줄 알았다. 그런데 바닥은 모르타르를 채워가면서 깔면 되지만, 벽체의 경우는 달랐다. 벽면이 고르지 않으면 타일 작업에 엄청 어려움이 있다는 것을 알았다.

전문가에게 화장실과 주방 벽체 타일공사 그리고 거실 바닥 미장공사를 부탁드렸더니 화장실 벽면이 고르지 않아 타일 작업을 도저히 못하겠다고 손사래를 쳤다. 통사정을 하여 간신히 세 가지 공사를 180만 원에 맡겼다.

나중에 확인한 결과 화장실 타일 작업을 하는 데 많은 고생을 했단다.

주방 벽체 하부 타일 색깔이 다른 것은 싱크대를 놓는 곳이라 외부로부터 보이지 않기에 공사비 절감 차원에서 색깔이 상이한 재고 타일을 사용했다.

화장실 벽면과 바닥 타일 작업을 완료한 모습

전원주택에 관심이 많으신 마라톤동호회원 부부께서 격려 차 방문

•123

안방 구들 놓기

어릴 적 아버지께서 직접 구들을 놓으시는 모습을 여러 번 보아 왔기에 쉽게 생각했다. 막상 직접 구들을 놓으려고 하니 실패할까봐 두려웠다. 지난해 직장 동료로부터 한옥 전문가를 소개받은 적이 있다. 그분을 '작은 행복의 집' 짓는 곳으로 여러 번 초대해서 자문을 많이 받았다.

직접 구들을 놓는 것에 대해 어려움을 토로하자 한옥 전문가께서 구들을 직접 놓아주신단다. 구들 자재는 내가 구해 드리고, 그분이 구들을 놓아주기로 했다. 무더운 8월에 구들 놓는 현장을 사진으로 올려본다.

1 가로, 세로 각 50cm, 두께 5cm
베트남 산 현무암 구들을 개당 9000원에 구입했다.

3 불이 아궁이에서 방으로 들어와 한 바퀴 돌아
굴뚝으로 나가는 화로(火路) 만들기

5 아궁이 안에는 내연성 흙벽돌을 쌓고,
아궁이 주변에는 시멘트 블록을 쌓았다.

2 아궁이 쪽에는 내연성 벽돌,
안방 쪽에는 시멘트 벽돌을 쌓았다.

4 구들 아랫목은 불이 세게 들어와 열을 많이 받기에
두꺼운 이맛돌을 놓고 윗목보다 더 튼튼하게
구들을 놓았다.

6 시멘트 벽돌로 구들 높이를 맞춘 후 현무암 구들 놓기

7 구들이 움직이지 않게 고정한 후
이음부에는 시멘트 모르타르를 발라
연기가 새지 않도록 했다.

8 아궁이 주변 마무리 공사하기 전 모습

9 시멘트 벽돌로 아궁이 주변을 말끔히 정리했다.

10 황토 모르타르를 반죽해서 아궁이 주변 최종 마무리

안방 황토 깔기

안방 크기는 가로, 세로 각각 3m, 9㎡(3평) 남짓이다.

현무암 구들 위에 황토를 반죽해서 10cm 두께로 깔기로 했다. 일단 5cm 두께로 순수 황토를 반죽해서 깔고 그 위에 종이 장판지가 잘 접착되도록 황토 모르타르를 반죽해서 깔았다.

그런데 황토 모르타르를 견고하게 한다고 황토 시멘트 밑에 와이어 매쉬를 깔았더니 균열이 생겨 깔지 않은 것만 못한 결과를 초래했다. 전문가들의 의견을 들어보니 흙과 와이어 매쉬는 서로 비중이 다르기 때문에 균열이 생길 수밖에 없단다. 집을 지으면서 이렇게 많은 시행착오를 겪을 줄 몰랐다.

반죽한 황토로 미장을 마무리한 모습

1 구들 위에 깔 황토를 가는 체로 쳐서 돌을 골라냈다.

2 토를 반죽해서 5cm 두께로 깔아가면서
각목으로 수평을 맞췄다.

3 나무방망이로 황토를 다지고 있다.

4 물을 부어가면서 각목으로 수평을 한 번 더 잡았다.

5 그 위에 다시 황토를 반죽해서 5cm 두께로 덮었다.

6 반죽한 황토로 미장을 마무리한 모습

7 뭐가 잘못되었는지 건조 과정에서
방바닥에 균열이 발생한다.

8 황토 위에 풀칠을 해봐도 한지가 잘 붙지 않는다.

9 황토 바닥 균열이 간 곳에 황토가루를 밀어 넣어도
별 다른 효과가 없다.

10 황토를 깐 온돌방에 한지가 붙지 않아
황토 모르타르를 혼합해서 새롭게 타설하는 모습

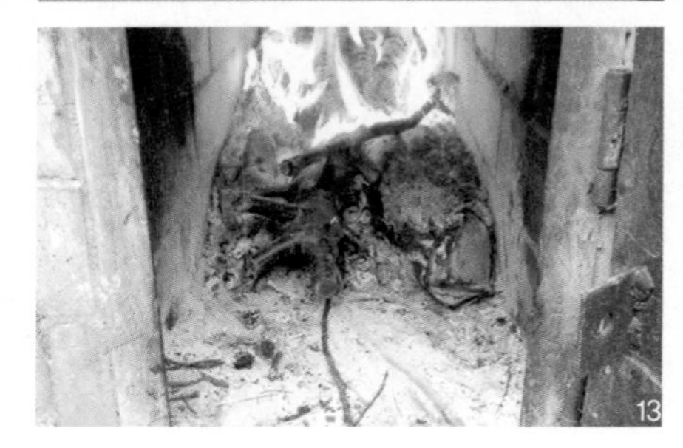

11 황토 모르타르 건조 중에 또 실금이 간다.

12 황토 모르타르와 와이어 메쉬 간 비중이 맞지 않아 실금이 간단다.

13 군불을 넣어 구들 위에 깔린 황토를 건조시키는 과정

황토 벽체 갈라진 곳 메우기

황토를 반죽할 때 짚을 적당하게 넣었으나 건조 과정에서 균열이 많이 발생했다. 균열이 난 곳에 신문지를 물에 적셔 밀어 넣으면 좋겠다는 생각이 들었다. 장모님 친구 분까지 모시고 와서 3-4일에 걸쳐 작업을 했는데 전문가 말씀이 그게 아니란다. 비가 오거나 습도가 높은 날에는 신문지가 눅눅해져 수축현상이 생길 뿐 아니라 곰팡이 등이 생겨 신체 건강을 해칠 수 있다고 했다.

또 다른 시공법으로 균열 난 곳에 우레탄폼을 뿌려 넣었는데 그 또한 옳은 시공법이 아니었다. 그래서 최종 선택은 신문지를 끄집어 낸 후 황토 모르타르에 다시 황토를 반죽해서 균열이 난 곳을 메우는 것이었다.

황토 벽체 균열이 간 곳을 메워 주신 장모님과 친구 분들

신문지를 물에 적셔 균열이 난 곳에 밀어 넣는 시공법은 옳지 않단다.

균열이 난 황토 벽체에 밀어 넣었던 신문지를 뽑아내고 다시 황토 모르타르에 황토를 반죽해서 메워 넣은 모습

아내도 균열이 된 벽체 메우기에 한몫했다.

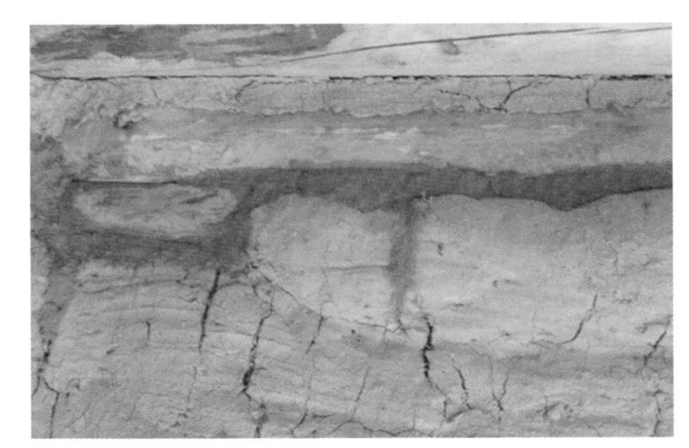

도리목과 벽체 간 균열이 난 곳도 메우기

문틀과 원목기둥 사이 균열 난 벽체 메우기

거실 쪽 대들보와 지붕 사이 균열 난 곳 메우기

• 133

화장실 천장 만들기

가로, 세로 1.2m 남짓한 화장실 천장을 만들기 위해 먼저 각목과 송판으로 천장에 틀을 만들었다. 그리고 그 밑에 플라스틱 천장 마감재로 마무리했다.

나중에 알게 된 것인데 요즘 생산되는 천장재는 습기가 차지 않고 항상 청결을 유지해주는 소재로 만들어진단다.

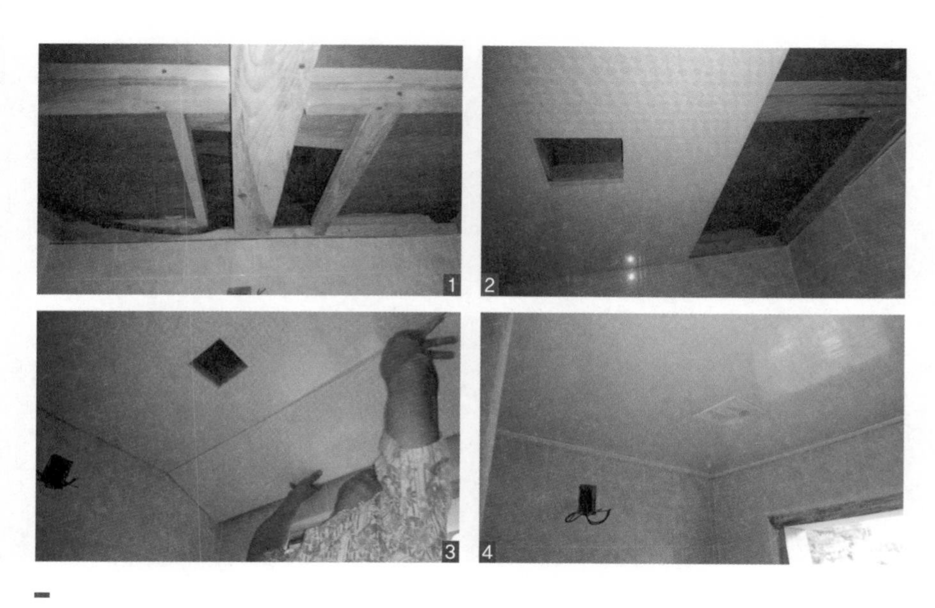

1 각목과 송판으로 천장에 틀을 만들고 그 위에 합판을 깔아 화장실 천장 위에 생필품을 넣을 수 있도록 만들었다.

2 천장 마감재는 재질이 고급 플라스틱으로 만들어졌고 누구나 쉽게 끼울 수 있도록 되어 있다. 폭 30cm, 길이 2.8m 개당 7천 원

3 재단 후 이음새 부분에 나사못으로 고정하기

4 천장에 환기창을 설치하는 것으로 마무리

거실 식탁 만들기

거실의 면적은 16㎡로 아주 좁은 편이다. 그래서 가구는 가급적 줄여 꼭 필요한 것만 만들어 놓기로 했다. 주방 쪽에는 4인용 식탁, 거실 바닥에는 원목 다탁을 만들기로 했다.
식탁 한쪽은 전통 가로 창문틀에 닿게 해서 바깥을 볼 수 있도록 하고, 식탁 한쪽은 가이즈카 향나무를 잘라 세운 다릿발 위에 얹히도록 했다.

거실 식탁은 1식 3찬 정도의 반찬을 놓을 만한 크기와 식탁에 마주 앉는 구조로 만들었다. 식사는 물론 차와 주류를 즐길 수 있는 분위기로 연출했다. 식탁 의자는 두 사람씩 마주 앉을 수 있도록 긴 나무의자를 만들었다.
앞으로 창틀 넘어 바깥에 예쁜 조경을 해 놓으면 앉아서 쉴 수 있는 훌륭한 공간이 될 듯하다.

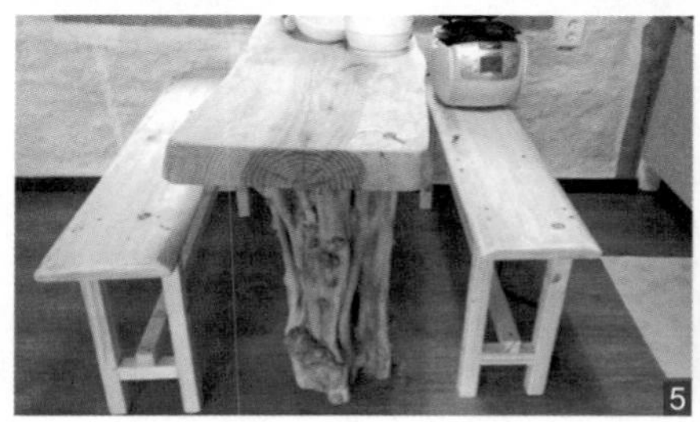

1 원목 송판에 식탁 다리로 사용할 가이즈카 향나무

2 식탁으로 사용할 원목 송판,
길이 150cm, 폭 45cm, 두께 10cm

3 한쪽은 가로 창틀에 걸치고,
한쪽은 향나무 다릿발에 고정할 식탁 모습

4 송판과 각목으로 2인용 긴 나무의자 만들기

5 식탁과 긴 나무의자 마무리 제작 단계

6 황톳물을 칠한 후 콩기름을 바르니
나무 문양이 확 나타난다.

싱크대 및 욕조 설치

작은 집이라 주방은 맞춤형으로 싱크대 공장에 30만 원을 주고 주문 제작했다.

화장실에 사용할 욕조의 경우 국산은 상당히 비싸고, 중국산의 경우 국산의 절반 수준이다. 욕실에 좌변기, 수건걸이, 세면장비 보관함, 세면기, 샤워기 등을 중국산으로 15만 원에 구입해 설치했다.

1 30만 원에 주문 제작한 주방용 싱크대

2 주방에 수도꼭지 설치하기

3 화장실 좌변기 설치

4 화장실 내 거울 부착

5 세면대 및 샤워기 설치

6 전통문을 설치하는 것으로 화장실 실내공사 마무리

하이새시 창문과 통유리 달기

육송 원목을 켜서 바깥쪽 창문틀을 만들어 달았다. 그리고 원목 창틀에 끼워 넣을 창문도 당연히 한옥 분위기에 맞는 전통 창문을 사용해야 하나, 전통 창문의 경우 제작경비가 많이 들고, 겨울철 난방을 감안하여 부득이 하이새시 창문과 2중 통유리를 넣기로 하고 방충망을 포함 220만 원에 계약했다.

안방과 거실 창문에 끼워 넣을 작은 쪽문 3개와 화장실 안쪽문은 전통문으로 고향에서 만들어 끼워 넣었다. 막상 하이새시 창문을 달아 놓으니 한옥 분위기에 맞지 않다는 의견도 많았지만 어쩔 수 없는 상황이라 그냥 넘어가기로 했다.
이런저런 주문이 있었지만 시중에는 아직 육송 원목과 어울리는 종류의 하이새시가 출시되지 않기에 흰색으로 끼워 넣을 수밖에 없었다.

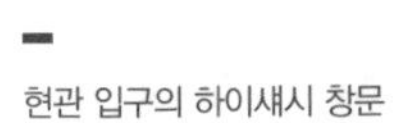

현관 입구의 하이섀시 창문

거실 서쪽과 안방 남쪽에
는 통유리 창문

안방 서쪽과 거실 남쪽의
전통 쪽문과 하이섀시 창문

거실 북쪽과 안방 동쪽 바
깥에는 하이섀시 창문

굴뚝 만들기

구들 작업이 완료된 후 굴뚝을 만들기로 했다. 길이 4m, 지름 0.2m짜리 스테인리스 파이프를 16만 원에 구입해서 2m 길이로 잘라 1개는 구들과 굴뚝집을 연결하고, 1개는 굴뚝집 위에 세워 연기가 잘 빨려들게 만들었다.

먼저 스테인리스 파이프를 수평이 되도록 놓고 구들 쪽에는 기초 벽체에 맞춰 연기가 새지 않도록 시멘트 모르타르를 바르고, 굴뚝집은 벽돌로 높이 1m정도 쌓은 후 그 위에 2m짜리 스테인리스 파이프를 세워 굴뚝을 만들었다. 나중에 굴뚝집 외벽은 자연산 돌로 예쁘게 쌓아 단장을 했다.

1 구들과 벽돌집을 스테인리스 파이프를 연결해서 고정하는 작업

2 아궁이에 불을 지펴 연기의 흐름을 확인했다.

3 시멘트 벽돌로 높이 1m정도 굴뚝집을 만든 후 그 위에 스테인리스 파이프 굴뚝을 얹었다.

4 향후 군불이 잘 빨려 들어가지 않을 경우 굴뚝 꼭대기에 팬을 연결하는 방안도 모색해야 할 듯하다.

5 시멘트 벽돌로 쌓아 올린 굴뚝집을 자연석으로 단장한 모습

6 굴뚝 주변에 콘크리트 미장을 해서 깔끔하게 마무리했다.

거실 우드 타일 깔기

거실 16㎡에는 우드 타일을 깔기로 하고, 우드 타일과 본드를 20만 원에 구입했다. 우드 타일은 면적에 맞추어 구입이 가능하지만 본드는 10kg 단위로 팔기에 낭비 요인이 많았다.

먼저 거실 바닥을 깨끗하게 청소한 후 작업하기 좋은 넓이로 거실 바닥에 먹줄을 그어 재단했다. 그 다음 본드를 바닥에 바르고 약 30분 정도 건조시킨 뒤 그 위에 우드 타일을 무늬에 맞춰 깔고, 고무 막대기로 두들겨 접착이 잘 되도록 하였다. 우드 타일 틈새로 올라오는 본드는 즉시 화장지로 닦아 내었다.

1 우드 타일 폭과 길이에 맞춰 거실 바닥 재단하기

2 작업을 할 수 있는 공간까지 본드를 바른 후 30분간 건조시켜 우드타일을 붙였다.

3 사전에 먹줄로 재단을 해 놓은 선에 맞춰 우드 타일을 붙이고 플라스틱 망치로 두들겨 접착력을 높였다.

4 거실 우드 타일 붙이기 마지막 작업

5 거실 바닥에 우드 타일을 마무리한 후 황토 벽체에서 흙이 흘러내리지 않게 걸레받이 설치 작업

전통 쪽문 바람막이 작업

황토집이라도 겨울에는 차갑고 세찬 바람이 문틈 사이로 들어올 수 있기에 전통 쪽문에 바람막이 졸대를 설치키로 했다.

먼저 가는 각목으로 졸대를 다듬어 문틀 크기에 맞게 자른 졸대를 못으로 문틀에 고정했다.

가는 각목으로 졸대 만들기

못으로 전통 쪽문에 졸대 설치

•145

다탁 만들기

몇 해 전 동네 제재소에서 서까래와 기둥목을 구입할 때 다탁을 만들 휘어진 큰 원목 하나를 얻었다. 일단 전기톱으로 원목을 재단해서 윗부분을 잘라냈다. 큰 원목 윗부분만 잘라 내고 그대로 사용하기로 했으나, 다탁을 옮기는 데 힘이 들 것 같아 다릿발이 나오도록 조각을 해서 무게를 많이 줄였다. 모든 것을 자연 그대로 맞추자니 힘이 들었다.

이런 모습으로
거실에서 다탁을 즐기고 싶었다.

1 휘어진 원목을 저렇게 재단해서 왼쪽 부분을 전기톱으로 잘라냈다.

2 전기톱으로 원목을 켠 후 대패질하기

3 전기 그라인더로 사포 작업

4 당초에는 원목을 그대로 사용하기로 했으나 다탁을 옮길 때 힘이 들 것 같아 다릿발이 나오게 새로 만들었다.

5 황톳물을 바르고 말려 사포질을 하고 그 위에 들기름을 발랐더니 아름다운 색으로 변모했다.

• 147

섬 뜨락 만들기

섬 뜨락을 만드는 목적은 뱀, 쥐 등 유해동물의 접근을 막고 또한 빗물이 내리칠 때 외부벽체를 보호하는 데 있다. 섬 뜨락에 사용되는 돌은 시내 공공시설 건축부지 조성 현장에서 나오는 것을 미리 확보해 뒀기에 경비를 절감할 수 있었다.
섬 뜨락 높이는 50cm, 폭은 90cm로, 먼저 돌을 쌓은 후 그 사이에 흙과 자갈을 채워 물을 부어 가면서 다지는 작업을 했다. 그 위에 다시 황토와 시멘트를 혼합해서 포장하는 것으로 마무리했다. 여기에 가족들이 동참한 기념으로 핸드 프린팅을 남겼다.

안방과 현관 쪽 섬 뜨락 포장 작업이
마무리된 모습

1 섬 뜨락 쌓을 돌을 경운기로 실어 날랐다.

2 섬 뜨락 쌓기 전, 거실 쪽

3 안방 쪽 섬 뜨락 쌓기

4 현관 앞 섬 뜨락 쌓기

5 안방 쪽에 석분을 채워 넣고
물을 부어 다진 모습

6 시멘트, 황토, 모래를 반죽해서
섬 뜨락을 포장하는 장면

7 거실 뒤쪽 섬 뜨락 포장 작업 마무리

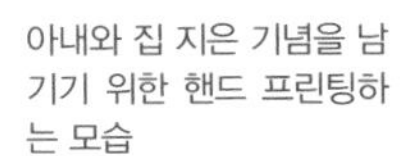

아내와 집 지은 기념을 남기기 위한 핸드 프린팅하는 모습

아들과 며느리도 축하 핸드 프린팅

1 뱀과 쥐 그리고 해충들이 들어가지 못하게 섬 뜨락 사이사이를 메우는 공정

2 섬 뜨락 돌 쌓은 곳에 시멘트 모르타르 메우기 작업을 완료한 모습

•151

전기 인입 및 전등 달기

건축허가를 득한 후 인근 전신주에 임시 전기사용 허가를 받아 공사현장에 전기를 사용했다. 이제 건축물이 완공되어 가는 시점이라 정상적인 전기 인입공사를 해서 계량기를 달고, 돌담 쪽으로 땅을 파서 절연전선관을 매설하여 실내에 안전기를 설치하는 것으로 전기공사를 마무리했다. 지금 생각하니 전등을 달 때 LED 등을 설치했으면 좋았겠다는 생각이 든다.

비오는 날
실내와 실외에 등을 켠 모습

돌담 쪽에 땅을 파서 절연 전선관을 매설했다.

거실 쪽에 실내등을 켠 모습

화장실에 켠 실내등

안방 처마 끝에 켠 등

소죽통을 활용한 안방 전등

창고 만들기

욕실 뒤쪽에 가로, 세로 1.5m 창고를 만들 작은 공간이 있었다.

내부는 벽돌과 블록으로 쌓았기에 시멘트 모르타르로 미장을 하고 각종 물건을 얹을 수 있는 선반과 농기구를 보관할 수 있는 걸이 대를 만들었다. 창고 밑에는 천연 지하 냉장고를 만들어 김치, 효소 등을 저장할 수 있는 공간을 확보했다.

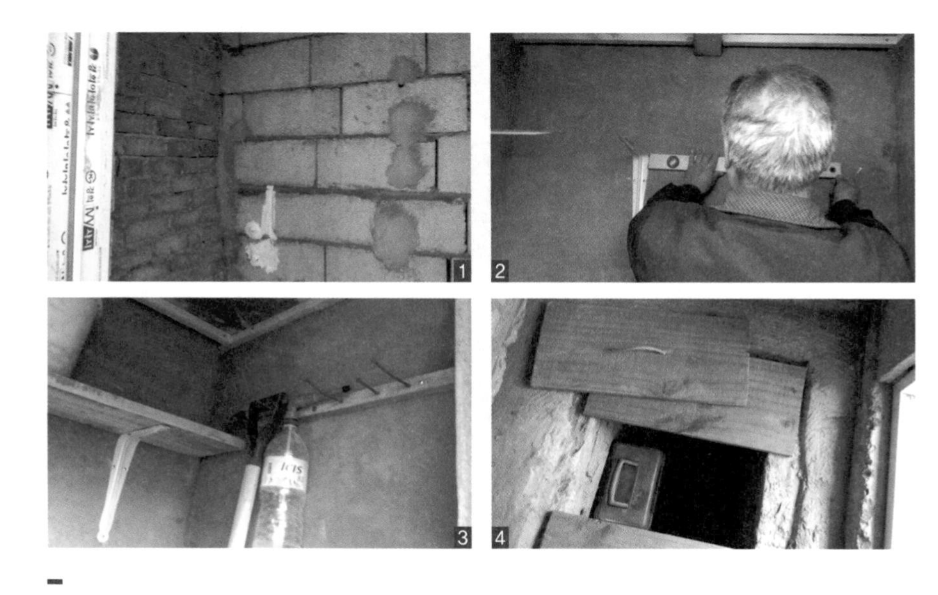

1 창고 안쪽 벽체 미장하기 전

2 시멘트 모르타르로 미장을 한 후 선반을 만들고 있는 모습

3 농기구 걸이 대를 설치 완료한 창고

4 천연 지하 냉장고에는 김치와 효소를 보관. 가로 70cm, 세로 50cm, 깊이 70cm

• 155

수도계량기, 수돗가, 정화조 배수구 주변 정비

수도계량기는 외부에 노출되어 있어 빗물이 계량기 안으로 흘러 들 수 있고, 수돗가는 수돗물이 밖으로 튀어 나갈 수 있어 부득이 옛날 방식으로 자연석을 쌓아 주변을 정비하였다. 아울러 정화조 배수구가 밖으로 노출되어 차량 통행 시 자칫 파손될 우려가 있어 돌과 콘크리트로 배수구를 덮었다.

물이 밖으로 튀어 나오지 않게
자연석을 쌓아 정비했다.

1 대문 입구 수도계량기 주변 정비 공사 전

3 햇볕에 노출된 담장 밑 정화조 배수구

5 자연 상태로 노출된 수돗가

2 빗물이 들어가지 않게 주위에 돌을 쌓았다.

4 차량 등에 파손되지 않게
돌과 콘크리트로 배수관을 덮었다.

6 물이 밖으로 튀어 나오지 않게 자연석을 쌓아 정비했다.

• 157

벽체 한지 및 안방 장판지 바르기

황토로만 거실과 안방 벽체를 마무리했기에 울퉁불퉁하여 벽지 바르기가 쉽지 않았다.
황토 벽돌을 쌓은 후 다시 황토로 미장을 하면 벽지가 잘 붙지만 황토를 쌓은 벽면에 황토 미장을 하기도 쉽지 않았다. 어떻게 하면 벽지가 잘 붙을까 하고 고민을 했으나 확실한 답을 얻을 수 없었다. 인터넷을 검색해 봐도 황토 벽체에 잘 붙는 벽지는 없었다.

다른 방법이 없어서 전통 한지로 도배를 하기로 하고, 얇은 한지와 두꺼운 한지를 구해서 황토 벽체에 붙였다. 얇은 한지는 잘 붙어 있었으나, 두꺼운 한지는 자꾸 떨어지는 현상이 발생했다.
그러나 얇은 한지는 황토 벽체가 드러나 보여 보기에 좋지 않았다. 그래서 중간 두께의 한지를 발라보니 떨어지지도 않고 보기도 괜찮아 그것으로 벽체를 도배하기로 했다.
앞으로는 중간 두께 한지를 구입해서 몇 년마다 한 번씩 도배하는 것이 좋겠다고 생각했다.

안방 장판지는 옛날 방식을 선택했다. 옛날에는 시멘트 포대를 사용했지만 요사이 시멘트 포대는 종이 한 겹에 그 속에 비닐이 싸여 있어 장판지로 사용하기는 어려웠다. 그래서 많은 궁리 끝에 가축용 사료포대 20여 장을 구해서 상표가 그려진 바깥쪽은 버리고 안쪽에 있는 두 겹을 잘라 장판지로 사용했다.

먼저 한지를 방바닥에 한 겹 바른 후 구겨진 사료포대를 두 번에 걸쳐 풀칠을 해서 바르니 시중에서 구입한 비싼 장판지 못지않은 훌륭한 바닥으로 태어났다. 그 위에 콩기름을 한 번 바르고, 다시 들기름을 바르니 완벽한 옛날식 전통 장판지로 탄생했다.

한지는 인터넷으로 구매를 하니 전주에서 울산까지 이틀 만에 배송이 된다. 참 좋은 세상이다.

벽체와 안방에 한지 도배를
완료한 모습

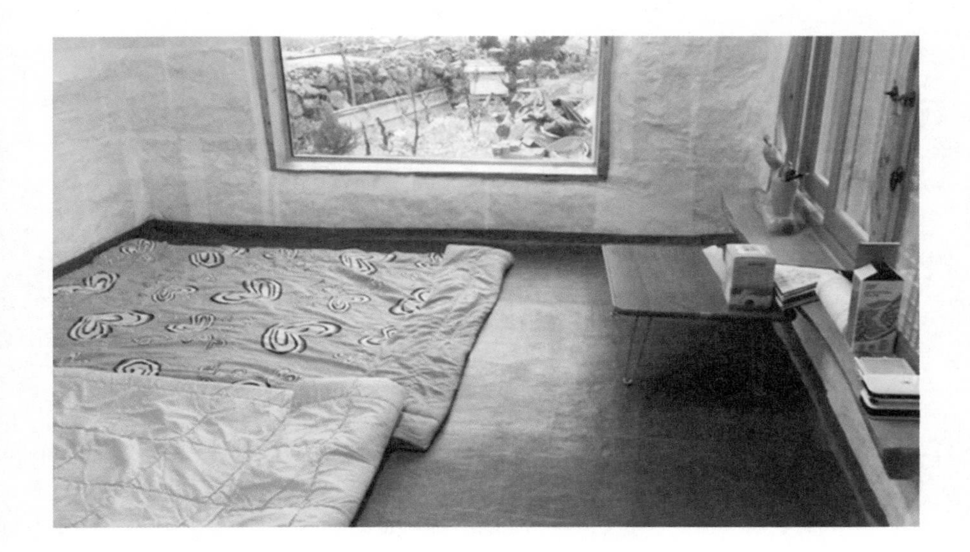

안방에 벽체와 장판지를 마무리하였더니
옛날 시골 모습이 그대로 재현된 듯하다.

1 황토 벽체에 한지 도배를 위해
풀을 두껍게 바르니 피막이 형성되어
한지가 일어나는 현상이 발생한다.

2 풀을 묽게 해서 적당하게 칠하니
피막이 형성되지 않고 한지가 잘 붙어 있다.

3 두꺼운 한지를 발랐더니 벽체가 고르지 않아
주름이 잡히고 접착력이 떨어지는 현상이 발생했다.

4 중간 두께 한지를 발랐더니 벽체에 잘 붙어 있다.

5 너무 얇은 창호지는 속이 너무 들여다보이는 것 같아
중간 두께 한지로 벽체 도배하기로 했다.

6 중간 두께의 한지로 벽체와 온돌방 도배를 위해 재단을 했다.

7 장모님과 친구 분들을 모시고 옛날 방식으로 도배했다.

8 한쪽에서는 한지에 풀칠을 하고, 한쪽에서는 벽체에 붙이는 작업을 하고 있다.

9 황토 온돌방에 한지 도배하기

10 온돌 방바닥에 한지를 도배한 후 주름이 잡히지 않게 마른 수건으로 문질렀다.

11 벽체와 안방에 한지 도배를 완료한 모습

12 안방 장판지로 사용할 소 사료 포대

13 소 사료 포대 바깥쪽은 상호가 인쇄되어 장판지 재료로 사용할 수 없어서 안쪽 두 겹만 장판지로 사용했다.

14 사료 포대 재단 후 물걸레로 먼지를 닦아 내고 풀칠을 했다.

15 한지를 방바닥에 바른 후 두 번에 걸쳐 사료 포대를 방바닥에 발랐다.

16 생콩을 물에 부풀려 믹서기에 갈아 양말에 넣어
사료 포대 장판지에 문지르니
콩기름과 같은 효과를 얻을 수 있었다.

17 콩 간 물을 1차로 방바닥에 바른 모습

18 들깨 기름을 두 번째로 발랐더니
완벽한 고급 장판지로 태어났다.

19 안방 출입 문틀까지 들기름을 발랐다.

20 안방에 벽체와 장판지를 마무리하였더니
옛날 시골 모습이 그대로 재현된 듯하다.

전통문 손질하기 및 달기

크기가 중간쯤 되는 전통문 5개를 구했다. 골동품 가게에서 개당 육송으로 만든 것은 20만 원 정도에 팔리고 있었고, 나왕으로 만든 것은 10만 원 정도에 팔리고 있었다.

오래 방치했던 전통문이라 물걸레로 닦아 내고 칫솔 등으로 묵은 때를 벗겨 내야 했다. 한 개는 안방 출입문, 세 개는 거실과 안방, 그리고 다락방 가로문으로 사용하고, 한 개는 장식용으로 사용했다.

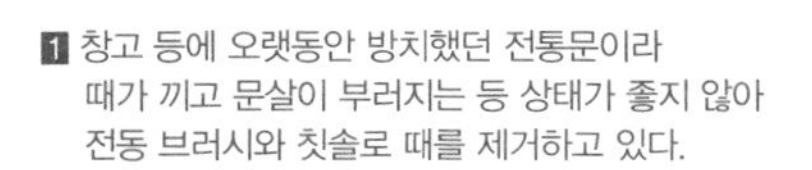

1 창고 등에 오랫동안 방치했던 전통문이라 때가 끼고 문살이 부러지는 등 상태가 좋지 않아 전동 브러시와 칫솔로 때를 제거하고 있다.

2 나왕보다는 육송이 더 가치가 있단다. 생각보다 잔손질이 많이 간다.

3 솔질 후 물걸레로 때를 깨끗이 훔쳐 내기

4 지인이 주신 옛날 부엌문(정지문)

5 부엌문이 육송이라 무늬가 선명하고 아름답다.

6 갈라진 문살은 실로 묶은 후 풀을 발랐다.

7 붓으로 풀을 칠한 후 창호지 바르기

8 안방을 출입하는 쪽에는 전통문을 세로로 달았다.

거실쪽에 가로 전통문 달기

탱자나무로 만든 전통문 걸이대

안방 동쪽 가로 전통문 달기

안방에 전통문을 활용한 장식물

다락에도 가로 전통문을 달았다

• 167

현관 앞 대리석 및 자연석 깔기

현관 바로 앞에는 대리석을 깔고, 현관으로 들어오는 입구에는 자연석을 깔기로 했다.
지난해 태풍의 영향으로 폭우 시 하천으로 떠내려 온 모래, 자갈을 수레에 싣고 와서 기초공사를 하고 그 위에 대리석을 깔고 마무리 작업을 했다.
현관 입구에는 평평한 자연석을 배열한 후 시멘트 모르타르를 채워 넣었다. 그런 다음 수평을 만드니 현관이 깔끔한 모습으로 태어난다.

1 지난해 폭우로 떠내려 온
모래, 자갈로 콘크리트 기초공사하기

2 시멘트 벽돌로 경계석을 만들고
그 안에 모래와 자갈을 채워 넣었다.

3 시멘트 모르타르를 반죽해서
대리석을 놓을 수 있도록 수평을 맞췄다.

4 수평을 맞춘 시멘트 모르타르 위에
가로 60cm, 세로 110cm 대리석을 깔았다.

5 시멘트 벽돌이 보이지 않게
시멘트 모르타르로 대리석 주변 미장 작업

6 현관 입구에는 자연석을 깔고
사이사이 황토 모르타르를 메워 마무리했다.

순수 자연 형태의 옷걸이 만들기

전통 황토집이기에 가급적이면 안방과 거실에는 한국 전통적인 소품을 만들었으면 했다. 아내가 벽체 옷걸이로 집에서 쓰던 마름모 모양의 기성품을 붙이자고 하였으나, 그것보다는 옛날 시골에서 만들었던 옷걸이가 좋을 것 같았다. 밭둑에 있던 탱자나무를 베어 껍질을 벗겨 옷걸이를 만들었더니 근사해 보였다.

1 거실 안쪽 옷걸이를 설치하기 전
2 탱자나무로 옷걸이 설치하기
3 시중에서 파는 기성품 옷걸이에 비해 훨씬 운치 있어 보이는 탱자나무 옷걸이

EPILOGUE

'작은 행복의 집' 1차 공사를 마무리하면서

10년 전 장모님 칠순잔치를 어느 호텔에서 성대하게 치렀다. 2015년은 장모님 팔순이 되는 해. 3년 동안 짓던 '작은 행복의 집'이 드디어 준공의 순간을 맞게 되었다. 앞으로 더 보완을 해나가야 할 집이지만 준공의 조건을 갖췄기에 일단 준공검사를 마쳐 놓고 주말에 한 번씩 기거를 하면서 하나하나 보완해 나가기로 했다.

일단 준공 기념으로 처가 식구 30여 명과 '작은 행복의 집'을 짓는 동안 함께했던 지인 10여 명을 초대했다.

입담이 좋은 지인의 진행으로 재미난 준공행사를 가졌다.

집 지은 소감에 대해 한마디씩 했다.

설비 쪽 일을 전담한 **이동환 님**

마라톤을 하면서 친하게 지냈고 처족이라는 이유로 자주 만났다.

"어느 날 국수 한 그릇 얻어먹었을 뿐인데 이렇게 발목이 잡히고 말았다.

변변한 연장 하나 없이 집을 짓는다는 것이 참으로 놀라웠고, 하루도 아니고 한 달도 아니고 일 년도 아닌 3년 동안 뚝심 있게 밀어붙인 주인의 정신력에 놀라움을 금치 못하겠다."

손재주가 뛰어나 목수 쪽 일을 전담한 **박복동 님**

"그냥 장난삼아 집을 짓는 줄 알았다. 며칠 짓다가 집 짓는 전문가에게 맡길 줄 알았는데 고래 심줄도 아니고 이렇게 밀고 나갈 줄 꿈에도 몰랐다. 하여튼 3년간 아무런 사고 없이 집을 짓게 되어 다행이라 생각하고 많은 경험을 했다."

"기둥에 못 하나 박을 줄 모르고, 전등 하나 교체하지 못하던 나였지만 일주일 생각하고, 또 일주일 생각하고, 또 생각하니 답이 나왔다. 이러한 노력들이 모여 마침내 '작은 행복의 집'이 완성되어 정말 행복하다. 앞으로 아내와 함께 글을 쓰고, 책을 읽으면서 한 달에 몇 번이라도 자연과 더불어 전원생활을 즐기고, 지인들도 함께 공유하는 휴식공간으로 가꿔나갔으면 좋겠다."

아내

"귀신이 놀랄 일을 저질렀다. 비록 모양은 하찮은 것 같지만 그 어느 구중궁궐보다 좋은 선물을 받았다. 손수 지은 달팽이집 같은 작은 공간에서 많은 사람과 소중한 인연 맺어가도록 하겠다."

아들과 **며느리** 그리고 **딸**

"아버지가 지어주신 '작은 행복의 집'을 앞으로 잘 관리하고 많이 이용 하겠습니다. 그리고 아버지에 대한 고마운 마음을 고이 간직하겠습니다."

작은 오두막집을 지으려고 했는데
건축면적은 작지만 외관은 이렇게 대궐 같은 집이 되었다.

준공을 맞아 그간의 작업과정을 사진으로 담아 기록으로 남겼다.

팔순을 맞이하신 장모님께 황토집을 지은 소감을 묻자
마냥 좋다면서 웃으신다.

연신 웃음을 잃지 않는 아내와 처제들

준공식에 함께한 처가 식구들이 기뻐하는 모습

집 지을 때 도움을 주신 지인들을 초대해서 잔디밭에 둘러 앉아 덕담을 나눴다.

내가 직접 쓴 “작은 행복의 집” 현판.
서각을 의뢰했더니 제법 많은 비용을 달라고 한다.

‘작은 행복의 집’을 책임졌던 세 사람. 좌로부터 이동환 님, 나, 박복동 님

앞으로 '작은 행복의 집'을 잘 가꿔가야 할
가족들. 좌로부터 나, 며느리, 장모님, 아들, 딸, 아내

집 짓는 데 많은 도움을 주신 지인들

'작은 행복의 집' 입구

전등이 달린 처마

내가 5개월간 직접 쌓은 돌담과 '작은 행복의 집'

하천 건너편에서 본 '작은 행복의 집'

'아들. 딸. 며느리. 손자 민서' 어느덧 세월이 흘러 손자 민서가 저만큼 자랐다. 자주 자주 놀러 왔으면 좋겠다.

요즘은 젊은 세대들도 전원생활을 좋아 한단다